诗歌集

全国公安文联
诸暨市公安局 编

群众出版社
·北京·

图书在版编目（CIP）数据

枫桥经验诗歌集/全国公安文联，诸暨市公安局编. —北京：群众出版社，2018.10
ISBN 978-7-5014-5864-6

Ⅰ.①枫… Ⅱ.①全…②诸… Ⅲ.①诗集—中国—当代 Ⅳ.①I227

中国版本图书馆 CIP 数据核字（2018）第 220318 号

枫桥经验诗歌集

全国公安文联 编
诸暨市公安局

出版发行：	群众出版社
地　　址：	北京市西城区木樨地南里
邮政编码：	100038
经　　销：	新华书店
印　　刷：	北京市泰锐印刷有限责任公司
版　　次：	2018 年 10 月第 1 版
印　　次：	2018 年 10 月第 1 次
印　　张：	14.75
开　　本：	787 毫米×1092 毫米　1/16
字　　数：	163 千字
书　　号：	ISBN 978-7-5014-5864-6
定　　价：	48.00 元
网　　址：	www.qzcbs.com
电子邮箱：	qzcbs@163.com

营销中心电话：010-83903254
读者服务部电话（门市）：010-83903257
警官读者俱乐部电话（网购、邮购）：010-83903253
公安业务分社电话：010-83905672

本社图书出现印装质量问题，由本社负责退换
版权所有　侵权必究

序

2018年是毛泽东同志批示学习推广"枫桥经验"55周年，也是习近平总书记指示坚持发展"枫桥经验"15周年。55年前，诸暨枫桥创造的依靠群众就地化解矛盾的经验，得到了毛泽东同志的充分肯定，为全国树立了样板。历经55年风风雨雨，"枫桥经验"的旗帜依然高高飘扬，"小事不出村、大事不出镇、矛盾不上交"成为我国解决社会治安稳定问题的实践标准。党的十八大以来，枫桥干部群众牢记习近平总书记重要指示，创新方法载体，坚持发展"枫桥经验"，形成了"矛盾不上交、平安不出事、服务不缺位"的新时代"枫桥经验"，枫桥呈现出百姓和顺、乡村和美、社会和谐的生动景象。

"文章合为时而著，歌诗合为事而作。"成为时代的号角，反映时代风貌，是诗歌的责任；引领时代风气，是诗歌的精神指向。"文变染乎世情，兴废系乎时序。"中国诗歌的内容因应时代的流转而有着不同的呈现，中国诗歌的艺术形式亦随着时代的变迁而发生着嬗变，诗经、楚辞、汉乐府、唐诗、宋词、元曲，无不遵循这一规律。到了"五四"，新诗诞生，诗歌依然是时代的呐喊，人心的代言。郭沫若的《女神》激荡着狂飙突进的"五四"时代精神，而艾青的《向太阳》《火把》燃烧着追求光明的时代战斗精神，田间则被称为时代的鼓手。可以说新诗100年来，诗人们总是合着大时代的长河歌唱，感应着人民的脉动呼喊。一切优秀的诗歌，无不是时代襁褓中的艺术婴儿，一切杰出的诗人，无不是时代波浪中的弄潮儿。

党的十八大以来,我们进入了一个新的时代。新时代是中华民族走向富强的时代,也是文学艺术高扬风帆的时代。在生动的社会实践面前,文学不能缺席,诗歌应该在场。2018年4月,全国公安文联组织了"不忘初心·春来枫桥"为主题的公安诗歌采风活动,来自全国二十个省市的公安诗人和特邀诗人来到浙江诸暨枫桥镇,探寻55年来"枫桥经验"历久弥新的答案,身临其境感受基层干部群众创新基层社会治理的生动实践,倾听新时代的美好声音,创作了一批诗歌作品,汇编成今天呈现在读者面前的这本《枫桥经验诗歌集》。这本诗歌集,既是全国公安诗人对新时代"枫桥经验"的礼赞,是他们经历精神洗礼后的真情抒怀;也是中国诗人代表对新时代"枫桥经验"的情感认同,是他们奉献给我们的精神产品。这是"枫桥经验"蕴含的人文精神的一次重大积淀,是公安诗歌力量的一次集体呈现,其发出的声音必将在"枫桥经验"发展史上久久回响。

希望广大公安诗人深入学习习近平新时代中国特色社会主义思想,明确新时代的历史方位,扎根于新时代生活的土壤,捕捉现实的光亮,在对时代的敏锐感知中凝聚新的经验与情感。要坚持以人民为中心的创作导向,走进生活、贴近群众,走进警营、贴近一线,创作出反映公安事业、赞颂公安英模,聚警心、扬警威的好作品。要坚守诗歌的精神高度,丰富诗歌的文化内涵,提升诗歌的艺术价值,创造出无愧于时代与人民的精品力作,承担起讴歌伟大时代的历史任务,唱响无愧于这个时代的光荣凯歌。

中国作家协会副主席　吉狄马加
2018年6月29日

目录 contents

◎ 吉狄马加 ｜ 序 / 1

第一辑　特邀诗人作品

◎ 柯　平 ｜ 枫桥经验 / 3
◎ 王夫刚 ｜ 诸暨长短句 / 5
◎ 天　界 ｜ 枫桥的诗 / 9
　枫桥，经验之谈
　诸暨归来，想起西施
　枫桥·小天竺
◎ 周小波 ｜ 枫桥采风 / 12
　警察诗人
　老杨
　女警也温柔
　镇南警务站
◎ 冰　水 ｜ 枫桥三题 / 16
　诸暨·枫桥精神
　过陈家村想起陈老莲
　枫桥寻王冕故居不遇
◎ 木　汀 ｜ 偶泊枫桥，爱上枫桥 / 19

◎ 霜扣儿｜枫桥三唱 / 21
◎ 文　杰｜枫桥，我从千年文脉里读取今朝 / 25
◎ 熊　魁｜枫桥三题 / 27
　　靠近
　　浪费
　　米酒
◎ 王十二｜枫桥，隐逸在小桥流水中的乡愁 / 30
　　在枫桥寻觅乡愁
　　在枫桥驿驰隙流年
　　缱绻在小桥流水里的记忆
　　平安枫桥
　　新时代的枫桥经验
◎ 王唐银｜每个人心中都有一个自己的枫桥 / 36
　　枫溪是个比喻
　　小天竺夜色
　　与王冕书
　　北方来信
◎ 路志宽｜诗意枫桥 / 38
　　在枫桥镇听雨
　　梦里枫桥
　　小桥流水，古典的意象
　　枫桥古镇，一截缓慢的光阴
　　枫桥小镇，在诗情画意里铺展未来的蓝图
　　如画枫桥，你的美是一部立体的诗词
◎ 王海清｜走进枫桥 / 44
　　枫桥镇，那是幸福和诗歌的舞台
　　幸福枫桥镇
　　枫桥镇的伟岸
◎ 郑　立｜听，阳光落进枫桥的声音 / 50

枫溪在阳光里开花

香榧，香榧

小天竺的眼神

一枝梅花上的枫桥

◎罗　龙｜用诗歌的名义替枫桥命名／54

第二辑　公安诗人作品

◎杨　角｜枫桥行／59

第55个春天

墙上的人

枫桥的风

◎田　湘｜在枫桥镇看风景／62

枫桥镇的桥

想起祖父

红枫义警

◎逯春生｜枫桥，枫桥／65

春风里的枫桥

等你在枫桥

油菜花一望无际

红叶绽放的乡村

山坳的那边是枫桥

热爱如此坚定

江水谣

再别枫桥

◎许　敏｜阅读枫桥：飞升的诗心或向上的引领／72

与枫桥书：千年诗心或众生平等

枫桥经验：55年的慈航与引领

大美枫桥：把平安的涓流汇成信仰

◎**李尚朝**｜枫桥诗 / 78
  春风化雨
  在枫桥想起扁鹊的哥哥
  邻家警察

◎**周孟杰**｜枫桥之歌 / 81
  红枫树
  枫桥听水
  红枫义警
  枫桥骊歌
  枫桥，枫桥
  在枫桥，记一次出警
  枫桥好人

◎**苏雨景**｜春风，加重了枫桥的份量 / 89
  一株红枫
  村民王水芳
  陈佩英们
  香榧树
  多么像一只母贝
  枫桥是一座什么桥
  访范蠡祠

◎**蝈　蝈**｜枫桥小唱 / 96
  好人杨光照
  小镇的诗
  枫桥民意观察
  小警黄彬炳

◎**穆蕾蕾**｜枫桥踏歌 / 100
  当第一滴水醒来
  看枫桥
  枫桥之根

◎ **邓醒群** | 枫桥行 / 103
　　致枫桥
　　向着远方出发
　　浣纱的地方，再也没有如此优雅的身影
　　春天，西施故里遇见一个商人
　　枫桥，一首写不完的诗
　　寻找
　　一支笔，写字，或画梅
　　捣衣的女人

◎ **孙友民** | 枫桥三阕 / 116
　　船泊枫桥
　　遇见陈友堂
　　枫桥，与陈老莲书

◎ **郑光明** | 透过你的眼神，看枫桥 / 120
　　新择湖
　　民警赵纲
　　织手套的女工

◎ **李晓飞** | 音画枫桥 / 124
　　智者乐水
　　精神标识
　　似曾相识
　　源远流长

◎ **任慧君** | 枫桥未远行 / 128

◎ **王玉洲** | 枫桥的"诗经"与"平安经" / 130

◎ **壬　阁** | 枫桥诗篇 / 133
　　枫桥
　　"枫警"的歌唱
　　浣纱的女人

◎ **耿德迎** | 枫桥吟 / 136

我在枫桥等你

　　枫桥女儿心

　　旱天雷

　　枫桥，有一个铁打的经验

◎郑天枝｜我用心，是为了您放心（叙事诗） / 149

　　引言

　　最暖的贴心人

　　红枫义警

　　杨光照

　　不是尾声

◎艾　璞｜诗意枫桥 / 158

　　枫桥的油菜结果了

　　门庭论煮茶

　　重回枫桥

◎王　雨｜枫桥怀想 / 162

　　枫桥记忆

　　爷爷的枫桥

◎傅　顺｜我自枫桥来 / 164

◎沈秋伟｜枫桥经验一字史 / 168

　　序：越绝书之纯钧剑

　　源：PPT从头开始

　　乾：领袖的一帖良方

　　坤：枫溪村陈友堂

　　巽：工作队的书生

　　兑：文脉枫桥

　　震：三道警戒线

　　离：之江开吉相

　　真：红枫义警是一条富矿脉

　　善：三上三下

爱：一名资深警官的枫桥情
　　跋：乡愁枫桥
◎ **诸暨市公安局政治处**｜平安之城 / 183

第三辑　诗词歌赋

◎ **枰羊老祖**｜七排·枫桥经验 / 187
◎ **马伯成**｜沁园春·枫桥 / 188
◎ **张锦敏**｜沁园春·枫桥 / 190
◎ **寿晟亘**｜鹧鸪天 / 192
◎ **贾天来**｜枫桥诗词 / 193
　　鹧鸪天·枫桥经验赞
　　浪淘沙·枫桥美丽乡村建设一瞥
　　七绝·枫桥乡贤王冕画梅咏
◎ **吕　远**｜枫桥歌 / 195
◎ **耿德迎**｜枫桥歌词 / 196
　　村口的老香榧树
　　枫桥经验更壮美
　　家住枫桥边
◎ **欣金年**｜爱满枫桥 / 199
◎ **陈佐天**｜枫桥赋 / 201

附　录

附录一

◎ **王亚茹**｜讲述有分量有温度的公安故事 / 207

附录二　媒体报道集锦

◎沈秋伟｜用诗歌讲述有分量有温度的
　　　　　公安故事 ／ 210
◎艾　璞　王　雨｜全国公安诗人相聚诸暨
　　　　　　　　用笔尖赞美"枫桥经验" ／ 213
◎杨　逸　魏羽佳｜聚焦基层、服务中心 ／ 215
◎沈秋伟｜爱满枫桥 ／ 217

◎编委会｜后记 ／ 221

第一辑 特邀诗人作品

枫桥经验

柯　平

在我八岁背书包上小学的路上
钱塘江对岸早春的细雨
从派出所楼头檐上落下来
并不比以往更多，也不更少
一如它本应该下那样下着
既山呼海啸，也润物无声
该猛烈的时候就猛烈
该温柔的时候就温柔
亦如当地闻名的那条瀑布
可以是临阵威武的棍棒
也可以是舞台轻曼的水袖
这雨下得真好，下得及时
地头的庄稼长势喜人
三叔光头上的青草也开始绽芽
因为子弹只能解决生命问题
不能解决道德问题
同样，枫桥的桥，架于现实之中
更该架于心灵之间
这个道理，林乎加同志一定是最懂的
因此蹲点那晚夜半听见蟋蟀
他说，那不仅仅是动物的鸣唱
更是《诗经》里的声音
如今，五十五年的时间过去了

当我在那里寻访西施故迹
回到宾馆,一个女孩在大堂弹钢琴
这声音的源头,我好像是找到了

柯平,浙江湖州人。诗人、学者、国家一级作家,中国作家协会会员,湖州师范学院教授,浙江省作家协会诗歌创委会主任。

诸暨长短句
王夫刚

1
诸暨的故事会，西施是当之无愧的
主角：小家碧玉，食色对象
苎萝村卖柴，若耶溪浣纱
名模，舞蹈家，美女经济的先驱
忍辱负重的春宵宫新宠
勾践和夫差博弈的棋子
为国家奉献超级美貌的
超级间谍，以及胜利之后的不知所终
剔除画蛇添足的当代景区
家国情仇，摇篮惊梦
被定格的记忆里美与传奇同框

2
沉鱼落雁，东施效颦，唐突西子
惊心动魄，卧薪尝胆
鸟尽弓藏，兔死狗烹
产自诸暨的成语，还有凡桃俗李
琪花玉树，牛鬼蛇神
孜孜矻矻……它们
与西施、勾践和范蠡有关
与王冕和杨维祯有关

顺便提醒一句,惊心动魄
最初用来形容四大美女的胜出者

3
诗人柯平说,画《墨梅图》的
王冕,不能简单地理解为
放牛娃出身——应科举者
太多了,名落孙山烧毁举业文章的人
也不在少数,好读兵书
而又荐职不就,坐在
寺庙的佛像膝盖上借灯诵读
手执木剑,戴着筛子那么大的笠帽
弃哄笑于街市,就有违
田家子的奋斗逻辑了——
孤高与世违,煮石非山农
我们未知的真相总是多于已知

4
婺越通衢:江上年年春色
津头日日人行。枫桥驿
枫桥古道,和苏州郊外的夜半钟声
桃李春风曾经,江湖夜雨各自
吴越恩怨溢不出史册
东化城寺古塔的乡愁
寄居于风中——为了验证北方
江南出现了;为了不负
别来无恙,枫桥三贤
出现了;为了羁旅,命运出现了

5
结束垫场的抒怀,下面轮到
枫桥经验——其实是枫桥的群众智慧
登上前台——有一颗心
还要有一个胃,才能把生活的
块垒,岁月的堰塞湖
消化在生活构成的
岁月中;才能把枫桥故事
讲给诸暨,讲给浙江
讲给全国——欢迎来到越国古都
西施故里和枫桥经验发源地

6
枫溪在流淌,枫溪上的桥
把彼岸变成了此岸;平安的有效期
被枫桥镇派出所从1963年
延长到正在行进的
2018年——长安杯
需要放在群众打分的位置上
方见口碑;安居乐业
不允许有八小时之外
这里的居民认为,警察的手机号码
和110报警电话是一回事
这里的警察,对此没有异议

7
枫桥不喜欢纸上谈兵,枫桥经验
接受了专有纪念馆的崇拜——

枫桥的警察和义务警察
同意接受油菜花盛开的
乡土采访：背景是王冕的诗句
杨维祯的书法，以及
陈洪绶的画卷（与其把枫溪
比作镜子，不如把镜子
比作枫溪）。油菜花
装作不知道他们是枫桥故事的主人
风的审美，来自风的讲述

8
献给诸暨的长短句，就写到
这里吧，珍珠的市场很大
卖袜子的市场更大——在门庭茶事
我们喝茶，朗诵诗篇
谈论照相机、微信和高铁
之于西施的欠费式遗憾
带警灯的巡逻车驶过
夜间的街道，霓虹的世界
构成了光明的一部分
和闪烁的一部分：晚安，披星戴月的
枫桥；晚安，穿警服的清风

王夫刚，山东五莲人。诗人，中国作家协会会员，首都师范大学2010—2011年度驻校诗人，山东省农业管理干部学院客座教授。

枫桥的诗
天　界

枫桥，经验之谈

停车坐爱枫林晚，不如桥上看得更远——
旭日升起，枫桥就是一个巨大舞台

他们在蹲点，摸索善治之道中
把案卷摆成标本。它有普及、深入思想的辉煌

国之利器始终有两面光芒
人性、民生。曾经呆板冷寒的铁门环

已经被一双双手握得温暖
飞鸟抛下橄榄枝，每一个春天都是梦想

从桥上走过，天空和顺，和美
一切那么和谐。花从花房奔向阳光

蜜蜂搬运完甜蜜便飞向蜂窝
大地因为春风，结满人间幸福的香榧

诸暨归来,想起西施

珍珠生于大海,也可出自湖泊
明月山顶升起之时
天空就腾出王位。练完素女心经,才知
只有爱美人,方可成英雄

西施无姓。山野无浣纱女
故事没有收尾,范蠡也不知所踪

溪水里长不出兰草
一个人的游船,始终空荡荡
今晚我说爱你,但需要破解密码
绳子两头,绑着狮子和老虎

我们伸出暗中的手
相互抚摸。我们一边打量对方
一边含情脉脉

枫桥·小天竺
——漱石枕流,放浪形骸之外。(清·张潮)

一个圆通的世界,供在经书里面
黑和白,道具而已
把木鱼敲出黄金的声音
无非雕虫小技

因为熟视,才可以做到无睹
紫薇山有好听的名字
曾经的大书生,可能挥银如土
嗜酒如命

但小天竺的和尚不是道士
他们念枫水经,将一枚枚古镜藏于岩壁
甚至连自己的手指
也像香烛一样,当众点上

天界,浙江台州人。诗人、评论家,中国作家协会会员,曾参加第二十四届青春诗会,《品位·浙江诗人》杂志执行主编。

枫桥采风
周小波

警察诗人
——参加公安部文联组织的"不忘初心·春来枫桥"
采风活动

在警车里
一般来说，坐着的不是威严的警察
就是惶恐的嫌疑犯
而我们却坐着谈论另一个话题
谈论着意识形态的棱角
一车的警察诗人
去了枫桥

他们的诗爬上生活的格子时
细节生动
想象美好
看不出是个警察写的
诗里没有持枪时的威严
也没有抓贼时板着的面孔

此刻，装得很有空闲
写诗像磨剑，磨着一把温柔的剑

老杨
——和荣荣、柯平、冰水采访老杨调解中心

他早就脱下了警服
但心里一直没脱下,满血续力
把爱走进了掌心
邻家不顺心的事儿都被搓揉成粉末

潘多拉盒子里飞出的善恶无需备注
人性的硬度会磕碰,火花四溅
与不讲理的人讲理
这是一件累事儿,像顶风牵牛

"义务"这个稀缺的动态,给人格加了分
我想不出什么赞美的词
词语都太苍白
老杨用方言摆渡着惊心动魄的案例
听着就像邻家风轻云淡的小桥段

我忽然觉得
他像是一条游在逆风里的鱼
也是一把温柔的剑
有法律的锋利,也有人情的刀鞘

美好的双赢是快乐的
让法律的天平显示了尊严的昂贵

女警也温柔
——和秋伟、天界、冰水在门庭茶事趣记

在门庭茶事,晚会接近尾声
茶喝出了酒的醺醉
美女警察换下制服,着旗袍的身段
很妩媚
她要求和主持合唱一阕
黄梅戏的《天仙配》
主持人故意漏唱了戴花的那一段
女警不依不饶
假如有水袖的话,一定会甩个风生水起
她从邻桌上借了一枝滴水的朵花
非要把这段高潮补上
非要把花假手插上她的秀发
"随手摘下花一朵"
女警兰花指一翘。男中音便旁逸斜出
"我与娘子戴发间"
顺手接过花儿,插上了她乌黑的发髻
此刻,点燃了有温度的笑
掌声,像许多翅膀在茶楼飞舞
警花也弯下了腰,笑得
花枝乱颤

镇南警务站
——记枫桥镇南警务站

站里全都是帅哥
绝不是瞎话

挺拔、英俊，视线端正、张弛有度
在镇南百姓眼里个个都是明星
鱼和水的关系，把亲民游上了和谐的岸
更像是邻家的大男孩

枫桥是一座桥也不是一座桥
东源黄檀溪，西源白水溪
越过镇南流过千秋，养育过无数英雄文豪
枫桥经验也不是空泛的口号
小事不出村，矛盾不上交
文明执法的涵养，来自一颗尊重他人的心
让善意，成为心锁的一把钥匙

一尘不染的镇南警务站，蓝白分明
警察帅哥们，让阳光上岸
"目中有人才有路，心中有爱才有度"
春风化雨的温度在赶来的路上
感性的事物理性解决，去放养一切美
岁月静好，为平安祈祷

信任，不是空穴来风
是衡量后心里的砝码摆上了天平

周小波，浙江杭州人。诗人、小说家，浙江省作家协会会员，人民文学出版社《星河》大型诗丛刊诗歌编辑。

枫桥三题

冰 水

诸暨·枫桥精神

香榧是沉默的坚果。它在光线中
遥望起伏的水流

枫溪桥下,水面开阔宁静
溪岸没有卵石,只有隐约的杜鹃

那个站在船头的人,松开缆绳
船身穿过宁静的乡村
礼堂里有轻声细语的音波
聆听者背着轻重不一的故事

如果刀剑不曾斑驳,如果
走马岗有屯兵,你很难猜测
当年的勾践做了什么

而今,笔直的桥梁确定了传说的去向
种子破土,万物生长
芝坞山下
西施在浣纱

过陈家村想起陈老莲

从日光中返身。原野有轻柔的呼吸
村庄接纳一切静物

阡陌聚合着连接天空的唱诵
陈家村像虔诚而至的闯入者

母鸡带着雏鸡涉水,前往坡坝
这是四月的黄昏用不上的意象

在风中走着,能听见什么?我们
把耳朵贴紧巨大的水域

名叫陈老莲的画家闪出村庄
他的水墨,消失在多数人的视线

村庄在它的发现里怀念绿色
在昼夜留转之际梦着曾有的光华

当象征之物紧闭双唇的时候
不妨去想一想枫桥故人

枫桥寻王冕故居不遇

似乎空气里飘着久远传说的气味
似乎一块灼热的隐石等待冷雨的冲刷

似乎，穿着羊皮袄的牧羊少年
越过生死，数个朝代以来驱赶着鸦啼

找寻者唯有远远凝望。唯有
记住那些脱落的记忆和重复的描述

如今用旧的江山已逃遁无踪
纸上的梅花落满溪畔，旷野如寄

泥土之上的古老遗存，是否能够
通向另外的不被回收的光

我们两手空空。我们看到的空白
终将被响亮的灯盏填满

> 冰水，浙江义乌人。诗人、作家、美术评论家，"湖州竹派"研究者，美术学博士，《品位·浙江诗人》编辑部主任。

偶泊枫桥,爱上枫桥

木 汀

> 题记:今年是毛泽东同志批示学习推广"枫桥经验"55周年,也是习近平同志指示坚持发展"枫桥经验"15周年。4月26日,应全国公安文联之邀,第一次来到诸暨枫桥。以诗记之。

偶泊枫桥
这静静然的古风小镇
这水上的小镇啊
一如悠悠然的水
无声地润泽万物
她不敢忘记金戈铁马寒光的刺疼
她当然懂得浣纱女回眸一瞥留下的缄默叮咛
她
选择在红星照耀的年代
还蜿蜒的枫溪以清醇
涤荡人间的棱角

偶泊枫桥
这香榧林间的清幽小镇
细密的树叶在和风中私语
他们憧憬着秋日的枝头会缀满硕果
他们细数着斑驳的屋檐下溢出的欢颜

风雪中他们静候南燕的归来
春天刻下的年轮里深藏着这一方水土的自由、祥和

偶泊枫桥的日子
这里的春雨朝我迎来无数双温暖的手
它们紧握过异乡人的奔波
它们轻抚过曾经的苦难和纠葛
它们有些粗粝却在掌纹里埋下缕缕阳光
这光会在小镇邻里间随时光传递
随一颗颗上善若水的心灵传递

偶泊枫桥的日子
那浮在江面随波而去的得与失
那悠扬在小镇星空的爽朗笑声
朝夕间
她就成了我的枫桥
我在她的怀里遇见了最初的自己
我在她的注视中看到了未来的自己

爱上枫桥
是因为枫桥一见如故地爱我

木汀,本名杨东彪。中国作家协会会员,中国诗歌学会会长助理兼副秘书长,北京市杂文学会常务理事。

枫桥三唱

霜扣儿

1

我想画一只前世蝴蝶
随它飞回枫桥驿
旧江南挂起一串杨梅，在我的心底，熟透了

顾念太遥远，扶摇出一抹栏杆
我的思绪为之染香，又静静飘成江南雨
刚一落下，绿荫就盖住了走马岗
细柔的波纹亲吻柳色
长出泠泠火焰

我也爱小天竺的禅香
它不仅升在紫薇山，它也会缭绕碑廊
拂动祝枝山王守仁留下的贴面
逝水如斯啊，唯有千年墨迹为时光留痕
一笔带走过往，一笔看向来兹

檀溪与白水溪并肩而来
在枫桥的履历表上，喂养锦鲤
涟漪有几处是五千年前的石器之影
水色笼罩三里长街
那些饮酒或饮茶的商贾仍在商谈

如何使钱粮百川归海
搭建繁茂集市，为小镇的好风水制造印泥

芝坞山收藏古今钓者
手持唐诗宋词，向潭水讨要婆娑，而山水无言
轻巧的回应是斜阳又上了鹊尖
厚重又壮观的寂静，倾听并珍存了
大庙戏台上划时代的讲演

典故一边被枫桥的史册标注，一边送朝代前行
一如驰名千里的香榧，它的美，总让赞美的人词不达意

2
在枫桥风口上，找不到伤人的刀刃
黑色的视线是一个过客
匆匆偷窥一眼
便羞愧于枫桥人的洁净，智慧，与温和

霸气与戾气没有空间凝聚
枫桥的主街上，红灯笼透出暖和的夜色
不管是长住还是旅居，这份静谧都会滋养诚挚与无私
并因佳词丽句的渲染与沁润
成全盛世的温馨与人心的辽阔

几十年坚守
几十年平安
大河始终波涛滚滚，枫桥始终长治久安

完成这个结果的人们活成了教科书
一撇一捺,构建美好人间

所谓经验,不过是在沧海里历尽千帆
所谓传承,不过是取其精华,去其糟粕
精致的草木呈现了规则的大美
它忍住了多少微疼的克制
陪持剪的人,先正心,再修身,砥砺前行
风烟中,总有人为了守护别人的好梦
把自己走成冬风秋雨里的脚步……

枫桥一走几千年,前途渐宽,姿容丰腴
古巷深处的乡愁伴着小桥流水
穿行于吴越方言,一不小心
就拥抱了大地的回音

——那些星辰一样明亮的眼睛
满溢正气,以初心为归宿,向祖国致意

3
站不到辛弃疾的檐下
也借不来他夜读枫桥的影子
我只能凝视枫桥的历史,倾慕至叹息

小镇立于宣纸
诵读与描红成为印章,排布文史长廊
大写意从未间断,一如播种者始终收获在春华秋实
之间

诗书漫卷，捻须念祖的枫桥人吐露暗香
一层层融合出东海明珠
宝是墨中的宝，光是心灵的光
归宿是藏书楼——王冕画一枝胭脂没骨梅
清骨旖旎无人可及。杨维桢写一行西湖竹枝词，独秀了铁崖体
陈洪绶一笔开山，打开海派人物画的大门
如数家珍的人念了千万句
念不尽老江南的悠远与厚重

书案被茶香弥漫
堂下，后人一代代出生，长大，刷新天下
堂上的老先生以出世之音吟哦入世之心
他爱故乡，如潮汐不离海洋

花开了，花落了
万物丛生与凋零超不出一本线装青史
在扉页上指点江山的老人，也指点了以文脉著称的尘世
一字一句，把枫桥的名字铭刻进
中国古镇的额头

霜扣儿，黑龙江海伦人。中国散文诗大系《云锦人生》卷主编，《关东诗人》副主编。

枫桥，我从千年文脉里读取今朝
文　杰

取枫溪。大隋莽莽商队的背影浊洗后
拧干水的疲惫，是夜宿枫桥驿时的月色
几枚孤寂的词，拴在鼻骭的船舶上

南宋靠不住，元末明清同样靠不住
靠不住的还有地产的进士，举人
整天忙于前程，青云，仕途
整天忙于科考一大堆愁心的事

说代表枫桥一大批人才的"枫桥三贤"
浓墨重彩，借了枫桥一枫溪水
借了东海文化明珠，照亮一生
才有的中国书画史，绘画史千年文脉

"枫桥经验"若小天竺一则则经典传说
也有若东化城寺塔那么一层层厚重
一首诗只能取其文采的部分归我所有
有地域有人文，情怀里的东西
安身立命的东西，价值不菲
毛主席批示，给全国才物有所值

被枫桥香榧扰乱心神的我，险些
自食哑口的果。今朝

在磨得锃亮亮的月色面前,读了
枫桥镇一记抽刀快意

被劈开高速发展的枫桥镇工业园,民营科技园
两枚重重香榧果,把宏伟蓝图在额上的招商引资
香气样扩散,酝酿已久的中国梦
彻底把十九大后的新时代,用我的文字
做成马车,我一不好意思
就被比作,像枫桥镇那个低头含羞的新娘

文杰,本名文贵杰,重庆合川人,现居福建莆田。诗人。

枫桥三题

熊　魁

靠近

我是来过枫桥镇的
通过张继,他把我带入歧途。这次我直奔诸暨

两百公里失误,一千三百年穿越
几乎与王冕家洗砚池头的墨梅失之交臂

想让那个我,从唐朝的姑苏乘坐高铁
直达这里,但本次列车因故没在站台停靠

他去了未来,我无缘给他香榧、梅岭半夏
他深揣悲欢的引信,留下了离合的背影

想借一借东海,让钱塘江的唱针滑过
这张唱片,在历史的音轨里,倾听彼此心声

我们隔着永恒的渴望,不会相遇,也从不相忘
但记着,在枫溪有一次心灵的靠近

浪费

枫溪起烟云。披蓑衣,撑长篙,欸乃一声
我驾着小小舟楫,穿过了前朝
枫林,古镇,深巷,逐一回放旧时的日影西斜
才跟洪绶公闲谈,又见佳人倚门遮面
几多春光暮色
打在他们身上,悄悄发生了折射

枫桥,我想去你的九里红枫,十里梅园
在前村流水数游鱼,后村林中扑萤火
我想,游鱼是通向那年的小路
每一粒萤火,都折射静美的时光
绿水青山就是金山银山
掬一捧枫溪水,乡愁在手心里微波潋滟

我想从枫溪下游逆行到上游
凝神静听隋末唐初的尉迟恭,他的乌骓马
站在枫桥驿,一声烽烟未尽的悠长嘶鸣
我举手加额,望得见他的铁鞭
指成了流水
从天边缓缓流淌而下,成了今天的你

或者,去一去长道地,七樟庵吧
抄一抄经卷。但终究,哪里也不想去了
就这样驾着小舟,在你的血管里悠游
如果爱是一种浪费,我甘愿

让生命经由你浪费,同时我也浪费你的娇颜
不在精致的浪费中重生,就在轻浅的浪费中离开

米酒

我刚刚从宋朝回来
那里的枫桥镇上有一个老翁正在酿酒
米酒新筊,一杯又一杯
杏花未落,独我已醉
想起那年隔帘听小妇,无事拨三弦
一声又一声,醉意蒙眬里
恰似山雀唤新朋
其他的山雀去巡山了
唤来了紫岩院的小尼姑
脸上红霞飞

熊魁,重庆巫山人。诗人、作家。

枫桥，隐逸在小桥流水中的乡愁
王十二

在枫桥寻觅乡愁

注定有一些月光，不能被风雪所原谅
甜蜜是多余的，而疼痛却显得格外珍贵
今夜，我看见有人在桥下，掂起月亮的橡皮
反复擦拭枫溪的涟漪。一段关于故乡的回忆
被溪边的柳枝抽打，浪花的口琴无法抵达

辗转反侧的假寐，世界在枫桥卷起画轴
软件和鼠标操纵的画面，被一个人的乡愁
轻轻涂改，画梅的人有雄才大略，寂寥时
一枝墨梅，会悄然撑破胸襟间的石和竹
花乳石上可治印，任理想在宣纸上花密枝繁

在一片密布的河网里，被命运删除的情节
逐一返回到粼粼波光上，裁剪之人握着
落日的梳子，像古代的淑女一样，斜靠在
美人靠上，优美的姿势，一度让河里的金鱼
忘记了游移，我有踉跄之心，在枫桥拧紧微澜

小天竺、海角寺、魏家坞、霞朗桥、汤村
景观带上缀满美丽的新农村，骑行绿道上
风驰电掣的驴友，用一阵阵眩晕告诉众人

现代和古典,如两枚取法自然的针线
在热爱和偏执之外,默默缝补着枫桥的诗意和乡愁

在枫桥驿驰隙流年

落日下的紫薇山醉了,醉眼蒙眬的我
该向何人打听枫桥驿?崭新的青石板上
露珠滚动但不留下痕迹,茶馆在三楼
沏茶的女子深谙茶道,她藏青色旗袍上
有道清晰的折痕,故事从这里走向了转折

马匹的哒哒声,踏破南方的迷雾
贩卖丝绸的商贾,在古老的钟摆里
昏昏欲睡,从枫桥驿通往剡地或者
到达西施的故里,时辰尚早,可先吃上
一碗菜泡饭,河流弯曲处,要甩一甩水袖

城市的轮廓愈发模糊,一千四百多年前
在枫溪渡口架桥的那些人,他们用骨骼和血汗
撑起枫桥驿素描的情愫,历史太苦闷了
需要借一座石拱桥,才可以轻松放下
累赘的叙述,繁杂的闲笔

如果时间可以倒退,我想回到枫桥驿
夜宿一间临河的客栈,花几两碎银
置三两杯淡酒,亏本的生意要在一本
诗卷里一笔带过,而美好且短暂的邂逅
需要在地方志里,得到少许慰藉的笔墨

缱绻在小桥流水里的记忆

东成还是个酱园,元泰保持米店模样
北春阳是个南货店,摘星楼里喝杯茶
时间的皱纹被禁锢在一根木头上
临街的格子窗,仿佛无关紧要的铺垫

雨在下,有人忘记了撑伞,有人还在
算命馆摇动签筒,越来越细的雨丝
试图用潮湿的针脚,续接上一段小戏
深巷老宅里,收音机在喑哑中呢喃

从孝义路到青年街,仿古的廊柱更容易
吸纳漫长的光阴,店铺上飘摇不定的帘旌
还像古时候一样,渴望远道而来的客商
住店、饮酒,说一说远方的奇闻异事

当我和你,在一杯咖啡中间回味着苦涩
其实,还有更多的枫桥人,在十里红枫间
执迷于枫叶的红晕,一个平安小镇的魅力
在于月光可以化解幽怨,曲水可以抚慰人心

采茶、养花、筑圃、骑行、垂钓
各种方言在枫桥交流,薰衣草和郁金香
盛开的傍晚,你用倾斜的乡音推开了院门
能够被炊烟修改的,还有我心扉上的裂缝

平安枫桥

如同平仄,东化城寺塔上的砖石
在夜空之下,像缺乏推敲斟酌的诗句
我厌倦了阅读,目光渐冷,古老的塔身
对世界失去了看法,寄生其上的荒草灌木
只负责猜测和妄想,视雨水为最大的真理

枫溪潺潺,像为一封家书,重新修订字体
当蹩脚的抒情,遇见了美丽的枫桥夜色
被星空遮盖的诉状,也要为一纸诗稿
腾出表白的空间,崇德尚善的枫桥人
以文化人,并让心灵在秩序和道德里宁静致远

阳光铺开法庭,细雨即兴发挥
小事不出村,大事不出镇
而在一株墨梅树下,纠纷变成了暗香盈袖
画笔滴着墨汁,遒劲的枝条上
王冕顿挫上最后一笔
梅花便含笑盈枝了

桨和橹敲碎荷花的叠影,一纸清辉未经允许
就弥散了旷世馨香,暮色颤抖了一下
粉墙黛瓦,关不住枫桥的蛙鸣声
马头高耸,偶尔也有走漏的星座

美无法注册登记,月色可以翻墙入院
依靠群众路线,枫桥的安全感和幸福指数

节节攀升，今夜，我和三贤一起
置身枫桥现代化的古镇里
作画、写诗，但不谈论家国大事
只在青石板上留下一串串
饱含水分的跫音

新时代的枫桥经验

在点赞、打赏之外，红枫网友们还用手机摄像头
对准了灰暗下的蛛丝马迹，上午搭设的违章建筑
下午就被拆除。全镇近八万人的喜怒哀乐
在镇综合指挥中心的大屏幕上循环滚动
美和丑，善与恶，都卡在时间的缝隙里

了解露天广告的虚荣心，也深谙下水道
消化不良的脾性。枫桥镇编织的两张网
过滤出不稳定的杂质，倾听、观望且心心相印
鼠标加键盘，公众号推送朋友圈，一次次将枫桥的
舆情与视角，擦拭得一尘不染，熠熠生辉

请允许萍水相逢之人，在街心花园的如泣如诉
也请宽容一只蝴蝶，在龙爪槐上的恣意忘形
我试着将平安二字拆开，用敬仰和惦念
去解构一幅新时代的"枫桥经验"
红枫义警、枫桥大妈、网格长、网格员……
在炊烟和生产线之间，厘清了安居和乐业
幸福与安康的关系，灵魂有了栖息之地

枫桥，隐逸在小桥流水中的乡愁

在五治合一和三上三下的格局中
"枫桥经验"全新升级，历久弥新
月光押着平和安的韵律，监测每一条道路
每一盏路灯，每一个窨井盖，每一道护栏
枫桥镇是放大版的平安符，一旦亲近
再漠然的心，也愿意在这里优哉游哉

王十二，本名王太贵，安徽金寨人。诗人，安徽省作家协会会员。

每个人心中都有一个自己的枫桥

王唐银

枫溪是个比喻

我不喜欢小溪,这里不能容纳
更多的船
十年前,与我们涉水而过
同一片叶子
在枫溪水中,走走停停
现在,我们寄居一片阔大的水边
装满货物的船
到秋天,走走停停
再也容不下我们

小天竺夜色

诵一段经,想活着的尘世
此刻,又少去一些劫难
对于一个无神论者
天竺无所谓大小
生活的柴米油盐
在佛和上帝眼里
是一样的

与王冕书

江山的门是虚掩的
朝廷的诏书快马加鞭几百年
王冕,你的后人已于今日
出山接驾
田园里有更大的家国
枫桥的山水
不染色,不断佳句
人字的诗书
已于今日回朝复命

北方来信

她不喜欢悲伤
再小的石子落入水面
都会形成波澜
半个世纪,一封来自北方的信
让生活的涟漪
一再变小,停息
枫桥经验,安全融入鲜活的血脉
长安不远
每一刻,都在心上

       王唐银,四川泸州人。
诗人。

诗意枫桥
路志宽

在枫桥镇听雨

历经千百年岁月的枫桥古镇,那些古典的痕迹
被这眼前的细雨一遍遍地冲洗着,刻进骨子里的胎记
始终是无法冲洗掉,被雨水洗过之后,反倒越发地清晰了

细雨,长廊,小桥,流水,街巷,酒幡
这一个个的经典意象,组合在一起
就成就了这枫桥古镇的大美
如同一串历经岁月酝酿的琥珀项链,挂于枫桥镇的脖颈处
而这种美啊,绝对是一种不可复制的经典

细雨淅淅沥沥,似乎带着一种佛性
让我的一颗心,瞬间就在这静谧里安静下来
此刻,荷花潮湿,石板路潮湿,古建筑的屋顶潮湿
而这细雨啊,绝打不湿我的心情

在尘世间活着追名逐利,在尘世间打拼
累了倦了的时候,就在你的细雨中抚慰一下自己的心灵
被欲望包裹着的一颗心蒙尘了的时候

就在你的细雨中洗涤一下灵魂,在你的怀抱里听雨
我的心中,和你的雨声发出一样的共鸣
于是,我更加坚信我的前世,一定是你的一滴雨

梦里枫桥

已数不清多少次在梦里和你相遇了,我的枫桥
你静若处子般地在一截旧时光里静坐着
任凭一个个寻美的目光,在你的身上打量着
你不刻意取悦于人,也不害羞,你只是静静地美着
美得让岁月铭记,美得让游客的心躁动不安

其实,在我没来之前,多少次在梦里与你邂逅
如同邂逅一位穿着古典的美人儿,你的仪态万千
让我不能自拔,从此相思之病,就深入了我的骨髓
似乎只有今日的面对面,今日的促膝长谈,才能医治我的病根啊

枫桥古镇啊,就是你的古典,成为了我心中解不开的情结
月光下的枫桥古镇啊,再次走进我的梦中
一条细长的流水,哗哗啦啦地走过
一截如梦如幻的时光,显得更加的如梦如幻

梦中的枫桥古镇啊,让我分不清现实和幻境之间的界限

小桥流水,古典的意象

一幅经典的水墨画,画里的小桥流水
多么诗意,多么古典,多么真实
流水轻吻着岁月的河岸,一些时光轻轻流过
带走了古镇的一些东西,也为古镇留下一些东西
成为人们心中那永恒的经典
你看眼前的这小桥流水,就为这古镇珍藏着数不清的故事与回忆
我与它们对视,不用言语,我们早已是心有灵犀

水上的小桥,像是一个迈开大步的巨人
将自己的两条腿跨在流水的两岸,那样子十分可爱
哗哗啦啦的流水淙淙而过,流水岸边的树木上
滴落下的那一串串的鸟鸣声,宛转悠扬
像是古典的诗词,在这小桥流水的古典意象里
平平仄仄着无穷无尽的诗风词韵

桥上走过的那个美女,多么灵动
你站在小桥上的样子是一道别样的风景
但不知啊,是你美丽了这风景,还是这风景美丽了你

小桥,一架别样的琴
弹奏出高山流水的曲调
迷了岁月,醉了人心

枫桥古镇，一截缓慢的光阴

枫桥古镇啊，遇见你，就是遇见了一截缓慢的光阴
行走在你的街巷里，如同来了一次时空穿越
要不是自己时时刻刻地提醒，真的会让人误以为自己回到了古代
回到了自己的前世

目光里的一切，都是那样的古典
似乎就连这里的一砖一瓦一草一木
都带着岁月走过时留下的痕迹，都带着浓浓的时光的味道
在这种古典与静谧里，会让你的一颗心瞬间禅定
这种禅定，就是一种缓慢，慢慢地看着花开，慢慢地看着草长
慢慢地看着莺飞，慢慢地看着时光的脚步轻轻走过，慢慢地……
于是，一截时光啊，缓慢而优雅，静谧而美好

腹有诗书气自华，枫桥古镇啊，就是一本古典的诗书
值得一次次地翻阅，值得一遍遍地品味
你的美啊，是那样的有底蕴有内涵
将身心置于你的缓慢里，我的心中衍生出不一样的美

枫桥小镇，在诗情画意里铺展未来的蓝图

古典诗词里的意象，被现实的铺展
一种无与伦比的美，镌刻心灵

你是诗的,还是画的,还是诗与画的合体
一朵朵美丽的鲜花,绽放成你优雅的身影
骨子里的宁静、典雅与芬芳,让人沉迷
你的美,如同一枚印章
美得如此唯一,美得无可代替
对于你来说,我是个匆匆的过客
对于我来说,你是个知心的情人
未见你之前,一见钟情就是个传说
见了你之后,我被她俘虏
成为你的囚徒,是我今生最大的幸运和快乐
站在你的街道,总有诗风吹过
似乎这里的一片叶一朵云一阵风,都成了文人
它们随便一张口就能吟诵出诗与词
站在你的月下,总有词韵滑落
冬与夏,春与秋,将各自的美点缀这词韵的意境
枫桥小镇啊,你身在世俗之中
心却超然于世外,你是得道的隐者
追随着你的静,我在一种难得的慢时光里
参悟名利,参悟人生,参悟得失
参悟爱与感恩,参悟梦想与未来
枫桥小镇啊,你这掺进了梦想的蓝图上
就是一阵春风,都是一个动力源
就是一颗星星,都是一盏指路灯
乘着实现中华民族伟大复兴的中国梦的东风
你多么幸福和幸运地在诗情画意里铺展自己未来的
蓝图

如画枫桥，你的美是一部立体的诗词

如画的枫桥啊，你铺展开来的美就是一部立体的诗词
值得那么多慕名而来的人，用自己的目光和心灵
一遍遍地翻阅与研读，每读一遍
他们的心就被滋养一次
这小桥，这流水，这人家，这清风，这明月，这鸟鸣
不都是从那一篇篇古诗词中飞出来的意象吗
他们只是这样静静地站立着，就能站成一首诗或一幅画
还有那通灵的鸟鸣，随便一开口
滴落的都是平平仄仄的诗风词韵啊
我羡慕这里的小村人家，他们能将自己的一生
住进一幅画里，之后被诗风词韵滋养着灵魂
是多么的幸运啊，你这不能复制的绝美和气质
让多少颗心心甘情愿地陷落，之后不能自拔
我想我的前世注定就是你的一棵树一株草或一朵云
脚踩你的大地，头顶你的天空
追随你的美丽，我心甘情愿不离不弃
枫桥小镇啊，我爱你
说出这三个字的时候，觉得我已经心有所许
像是对爱情的托付，你就是我的终身伴侣
每次和你面面相觑，我的眼中心中
远看是诗，近看是词

路志宽，河北大名人。
诗人、作家、自由撰稿人。

走进枫桥

王海清

枫桥镇,那是幸福和诗歌的舞台

有这样的古镇,每迈一步
都被诗情宠着,一条沃光的枫溪
展动着诗意般的光泽,让枫桥镇注定
与诗般的怡美,并携手向前

人们只要一接触枫桥镇,就会眷恋
若回到了前世约定的家园,时光
会不时地穿梭,这即是古朴的
又是时尚的,在满街的站着的牌匾上
标注着潮流中的名词,人们尽管微笑
将幸福和自信敞开,和鸟儿搭搭讪
再回到宜居的房间,和键盘电脑亲密
而放下书包的孩子们,正在对着荧屏
看着自己喜爱的穿越剧

得到诗歌宠爱的人,月亮也会为
他们举起了灯盏,花果山庄
白米湾万亩茶园内,都被诗情铺垫
并没日没夜地茂盛着,直至打包成精

带上枫桥镇诗意般的寄托，回归到
极其祥和的家园

美丽的枫桥镇，枫桥小天竺
都是情人节的舞台，那么多恋人
都矜持不过，诗歌的心脏
掏出来的执着，与你在红尘相守
所有的动与静，都在制造爱情

现在，这里已经被生态装点
魔术般的草木，擎起欣欣向荣
把小桥、流水、人家
揽在怀里，不时地有诗歌的紫气
氤氲着一段又一段，从这里
滋生的传奇的故事

幸福枫桥镇

幸福，在人间是多么吝啬，甚至
需要几代人为之拼搏
也是人间一味稀缺而又奢求的事情
在枫桥镇，满地的幸福
在枝头，在石桥上，在铺满锦绣的山川上
更在小区里那美丽的张张笑脸上
高贵的幸福，俯身可拾

在枫桥镇，铜管乐为情而歌
以一种幸福的声音，最先传出

幸福的音亮,坐拥一片喝彩
枫溪河畔,风情在葱茏的林木里穿梭
让我在禅意的风情里,感受
世界的纯正清明

在枫桥镇能找回一个丢失多年的符号
沧桑或鲜活,总在一段段时光的清浅里
王冕隐居地,漂洗着尘世的风貌
让一颗反哺的心,归于幸福的堤岸
愿意借九里山的浩渺与烟波,氤氲
瓦舍,飘出江南的韵味

那香榧森林,那芝坞山,那走马岗,让我的忧思
穿梭一曲古韵,定格在美丽的旖旎上
川流环凑涟漪,枫水名贤碾过历史
想象一个枫桥镇的幸福淳朴源远不息
人们更愿在这里,嫁接上历史的枝丫
记住那永远也割舍不断的悠悠岁月
愿幸福茂盛在熙熙攘攘的枫桥镇

小天竺、海角寺、孝义、象山……
把一缕缕乡愁紧紧攥在手心
一群旅居海外的游子,透过古朴的乡风回望着
回望枫桥镇的精神,辉耀的草木,幸福的纯厚
竟也倔强地穿透季节

我的目光,停留在高新区前
停留在解说词上,渴望透过那些

枫溪水，找回先辈们的身影
填充空空的行囊
停留在那些墓志铭上，幸福地面对着悲悯
闲庭信步于枫溪两岸古镇的巷子
踏着光洁而错落有致的石板路
听一听"越中之冠"，洗净我内心的浮躁
一座城池的古老
和光阴的故事成就的意境，在
时光的书页上重重叠叠

这样的时候，谁都是惬意的
这一切，源于枫桥镇人一度掘进着
幸福的时空，我是幸福的
也是有尊严的，就像走进梅花屋
无论来自哪里，都沐浴着阳光和雨露
感受到枫桥镇的绝美和幸福

枫桥镇的伟岸

在枫桥镇，一枚花草都有乡愁
轻轻划过心头的期待
春色渐渐深，热浪渐渐涌
朝圣的脚步，渐次地接近这里
在枫桥镇的人们，种下诚信以济民
把村庄养得肥壮，把鸟鸣养得清脆
把人心养得怡然

感激那千百年的守望，感激枫桥镇
敞开心扉，悉数收集大地的神谕
仁、义、礼、信。便立命安身，繁衍
与人间一起咏诵梵文，用
内心的香甜，救赎尘世
慈善花朵的样子被尘世效仿着
用芬芳花香，陪伴美好人间

每时每刻，这里都会幸福地对望
日子精确地站在风情上发光
日月轻轻地梳理着，一个
从大地挺起的枫桥镇，有着百善的竞放
世态开始没有了炎凉

我以爱的名义，来一次浪漫的旅行
在闪烁鲜艳的花朵上，找到了
一个爱的呼喊，不止青春
而且还有成熟女性，成功男人
耄耋老人鱼贯而来

真情牵手之际，春光见证成为永恒
在青山绿水间，在产业园
信赖，已开成彼此爱的信物
鲜艳，开始闪烁我的爱情诗
蜜蜂把平凡无奇的辞藻，酿出一罐罐生活的甜蜜
一对对擦身而过的情侣，抿嘴而笑
不说光阴荏苒，不说邂逅的偶然
只说阳光透射的美

在枫桥镇,让我们聚在一起
一起挽起草木、飞鸟和泉水
以及人间的祝福,抛开市井的喧嚣
漫步于枫桥镇,人生一如闪烁出
独特的幸福与慈祥

王海清,吉林桦甸人。
诗人。

听,阳光落进枫桥的声音
郑 立

枫溪在阳光里开花

一枝越国的花朵
探出诸暨的粉影
枫溪,微风习习
在大竺园说出了自己的名字
枫桥,阳光灼灼
在枫溪边找回了自己的身姿
我遇见,阳光的瀑流
从梦的源头,抵达花朵上的江南
一只幸福鸟,在时光中飞驰

枫溪,在阳光里开花
花香,剔透我的瞩望
花影,逡巡我的回眸
枫桥驿,美成了隋风唐雨
美成了三千年的深呼吸
美成了三里长街的胎记
我遇见,东尉司里的辛弃疾
微风吹送,心骛八极
听,阳光落进枫桥的声音

香榧，香榧

香榧，阳光的音符
一粒粒枫桥的变奏
细榧、圆榧、芝麻榧
爱情，一座人间的金桥
范蠡的香榧子，痴情不老

枫桥，月光的故乡
一棵棵香榧树的情愫
银河在上，枫溪在下
乡愁，一根人间的金线
苏东坡的玉山果，思忆不老

在我与香榧树之间，枫溪是缘
星光流淌，梦里江南
在我与香榧子之间，枫桥是缘
万家灯火，天上人间

小天竺的眼神

水天一色的微妙
见大心泰的奇绝
一句宁谧的偈语，小天竺
在五百年低头的一刹
树还是那么的绿，石窟换下了佛衣

幸福的尺度

枕流漱石。骂过皇帝的海瑞

在小天竺的眼神

在张岱的笔端，在我的归途

一匹快马，破壁而出

在海眼里，看到锋芒

在余墨里，看清史迹

在枫水名贤坊，看见风骨

在小天竺的眼神，枫桥

一朵盛世莲花，大梦粼粼

一枝梅花上的枫桥

只要有一枝梅

《墨梅图卷》上的一枝

枫桥便在梅花上了

一头老牛迈出淡墨

一枝梅花斜出寺院

一颗简逸的心，呼之欲出

隐居在九里山的梅

绝尘在一张画纸上

阳光的声音，在我的耳朵里

悄悄抽芽。悠远的一声轻叹

一枝梅花上的枫桥

内心的墨汁，鲜花盛开

时光,慢慢收拢了枫桥
我看见了王冕,一座梅花上的江山

郑立,笔名蓝月亮,重庆武隆区人。诗人、作家,中国散文学会会员、重庆市作家协会会员、重庆市武隆区作家协会副主席。

用诗歌的名义替枫桥命名

罗 龙

题记:于是,每一个石头都有了自己的故事,它们知道马蹄声过后汽车的轰鸣代表的是些什么;它们目睹改革开放四十年,从贫穷到富饶,把冰冷的石头一天天暖热。

每一滴水都是一个文字
汇聚的不只是枫溪
还有比枫溪更加辽远的内涵

东源黄檀溪,西源白水溪
在枫桥镇南大竺园附近会合的时候
可以掬一捧交汇的溪水
洗去满身的尘埃

然后,以精湛的骨骼命名
枫桥,用诗歌的名义
背负千年的风霜与传说

于是,每一个石头都有了自己的故事
它们知道马蹄声过后汽车的轰鸣
代表的是些什么
它们目睹改革开放四十年

用诗歌的名义替枫桥命名

从贫穷到富饶
把冰冷的石头一天天暖热

来到枫桥的时候
可以用一滴水的豪情参与
阳光落下来,绮丽的风光走过来

茅草屋变高楼,不用豪华做修饰
炊烟就把母亲贫穷的泪一并带走
白云的微笑高过天空

如果还有未践行的誓言
不用站在枫桥的桥头等待
可以把五百年相爱的故事略加修改
让阳光在枫桥的天空自由地
完成自己的喝彩

> 罗龙,贵州纳雍人。诗人,中学教师,贵州省作家协会会员。

第二辑 公安诗人作品

枫桥行

杨 角

第 55 个春天

我来的时候,正是一个伟人
写下"枫桥经验"的第 55 个春天
蓝天碧水,油菜含籽
幸福的人们在枫林边行走

最初的树都是枫树。后来有流水
从树下经过,于是有了枫溪
再后来有人在枫溪上搭桥
于是有了枫桥……
再再后来,就是一群身披枫叶的人
把家长里短摆在了桌面上
像一盘风味小吃任众人品尝
崇法尚义,积安向善
"小事不出村,大事不出镇,矛盾不上交"
他们的技艺惊动了中央

这是第 55 个春天
我喜欢春天
我更喜欢那些用小小的善
原谅了整个世界的
一群小小的人

墙上的人
——写在"枫桥经验"展览馆

莲花落的节拍中,那些墙上的人
又在回忆中活了过来
他们穿军装,抑或布衣
我努力多次,也没把一件今天的警服
穿到他们的身上去
55年了,这群笃信耕读传家的人
曾把"地富反坏"领回村子
用劝说代替惩戒
用劳动塑造出新的生命
他们有着我爷爷一样的年纪
在某个黄昏,走进墙上的照片
而今在越剧的鼓点声中
再次转世,取名杨光照,陈荣周,陈佩英
取名"枫桥义工""枫桥大妈"
与枫溪江边,一群
经年披蓑戴笠的人叠加在一起

枫桥的风

只知道它们一直在走动
以小树摇的方式,以炊烟打滚的方式

有时走得太急,我们只看到一些
落叶的影子,纸屑的影子

在西施故里，我还看见过
发怒的它们，从会稽山上冲下来

功夫了得。碗口粗的树木
被它们一掌劈断……

风死后也是可以土葬的
在枫溪江两岸，我看见很多

大大小小的丘陵
那应是它们，最早的古墓

杨角，四川宜宾人。诗人，中国作家协会会员，鲁迅文学院第二十三届高研班学员，宜宾学院兼职教授。

在枫桥镇看风景

田 湘

枫桥镇的桥

一生将走过多少座桥
一百座,五百座,可能不止

今天我走过一座与众不同的桥
它能度黑夜到黎明
度梦想到远方

这桥是枫叶做的
枫叶化成了风。这风
不摧枯拉朽
而是化腐朽为神奇

而这桥,能度生死
救赎灵魂,走过去的人
就会获得重生

想起祖父

我被这样一个故事所感动
那是上世纪六十年代初
在枫桥镇,有911名地富反坏右

被改造。不是用绳索
也没戴高帽游街
更没用棍棒和刀枪
而是用枫叶,这温暖的火焰
将他们救赎,让他们
消除了内心的恶
远离恐惧与死亡的阴影
渐渐地融入到善良的百姓中

而与此同时
在千里之外的一个乡下
我的祖父,因不堪凌辱
自焚身亡。他死时我还未出生
据说,他只是个富农分子
如果在枫桥镇,他就不会死去
就可以抱抱,自己的小孙子

红枫义警

夜深沉,宁静
许多事物都与枫叶有关
119名村民,创建
一个叫红枫义警的协会

义警不是警察
可他们身上有警察的光芒

这些义警,一心向善
他们穿着红枫一样的衣裳
像一团火,行走在黑夜
让这里的夜晚
特别明亮,特别温暖

田湘,广西河池人。诗人,中国作家协会会员,中国铁路作家协会副主席、全国公安文联诗歌分会副主席兼秘书长、广西作家协会副主席,鲁迅文学院第二十三届高研班学员,广西民族大学兼职教授。

枫桥，枫桥
逯春生

春风里的枫桥

今晚在枫桥
寻找童年的记忆
山水一程
载过时光风雨
枫桥
没有大渡河的铁索
没有卢沟桥硝烟
更没有金水桥的汉白玉
它安稳于西施故里的民间小镇
你无法用目光测量它的高度
春分会迷离你的双眼
桥上桥下风景悠悠
这座桥是这山乡独好的风景

兄弟在枫桥
枫桥在春风里
他们的脚步记录世道人心
招展着旗帜的枫桥
因无数人的亲近和仰望
成为一座山峰

等你在枫桥

相约枫桥边
杨柳初心,明月东山
故人走散在烟雨
柳笛回响,巷陌酒香
杜鹃微笑盛开
当会心的眼神流淌欣喜
当泪水汇集成乡音里的默契
回眸,只少了一个风尘仆仆的你

枫桥满山茶树,河水琴心
来枫桥抚摸一面旗帜的温度
倾听枫叶历久弥新的故事
等着来了又走的你

油菜花一望无际

乡村一隅
油菜花一望无际
千年的花朵养育了子民
味道沉醉,民风
绵如细雨
花开艳而不娇
花落傲而不馁
枫桥的油菜花籽粒饱满
方言传递的民谣
淙淙流响,温暖溪江

红叶绽放的乡村

枫溪江的红叶
西施浣纱滴水的红叶
叶脉透着香气的红叶
高耸于房前屋后，散落
在瓦楞上的红叶
会说话的红叶
会眨眼的红叶
懂得人情世故的红叶
谙熟家长里短的红叶

红叶生长
四季兴旺的乡村
晨光里映衬霞晕
静夜里瞩目警灯
汗水与年轮细数的红叶
一片叶子
没有大树的伟岸
却有值守的宿命
从枫桥，带走一片红叶
留下一朵叶片的履痕
绽放水墨江南的惦念

山坳的那边是枫桥

登上高高的茶海
山坳的那边是枫桥

溪水清澈
沿溪而上的那边
是枫桥

小桥流水,流不去
水中倩影,洗净幽怨烦恼
一袋烟里的攀谈
邻里兄弟共叙从前
一杯水的温热
可以让泪水滚落腮边
一位先祖,一个祠堂
一方田园
有了大妈的枫桥
孩子都有家
有了老杨的唠叨
没有化不开的疙瘩
用手臂搀扶手臂的枫桥
有个红枫义警
他的血随时给你

枫桥在深山里
枫桥在南中国的水乡
枫桥在月夜下
枫桥在来来往往
风风雨雨的梦里
一个人来枫桥不会孤单
两个人来枫桥会共同想念
三个人来枫桥栽下一棵树

五十五年后再来枫桥
还一个愿，许一段情
为一群人，流两行泪

热爱如此坚定

这里的枫叶坚定地热爱土地
春天绚丽成江山的花朵
落下也追随泥土寻找归宿
他们的爱源自枫溪江的源头
美丽的西施，这位
为了国家不惜委身敌国的女人
他们的爱源自那些为他们请命的人
他们的爱从米缸里留下的银元开始
他们的爱从漏雨的房屋遮盖的瓦片升温
他们的爱从每一张低保卡每一份承诺书
和每一次纷争的止息
得到无数的认证
他们爱派出所长杨叶峰谦和善良的微笑
他们爱副所长孙法均厚实的双肩
他们爱民警赵信和沈凯以及
那些风雨兼程的人
他们爱调解员老杨的一年四季
他们爱村干部杨山野的白发
他们爱枫桥大妈的嗔怪
他们爱红枫义警陈荣周每一次献给别人的血
当热爱汇集成热血
枫桥人坚信没有比枫桥更美的江南烟雨

多情的土地
绵绵的枫溪江
因为坚定而
写满大爱

江水谣

四月唱响长江的壮歌
之江大潮欢腾
平江枫溪江枫叶殷红
枫桥每一片田塍
香榧树结满芬芳
亲情流淌，温暖牵挂
日子安详
江水也有了甘甜的味道
谁不爱这油菜的金黄
谁不恋这西施的故里
当民歌唤醒心底的旋律
石板路，石板路回荡着江风
梦里江南，绿色烟雨

再别枫桥

记住一片花香
拍下一个舒缓的水坝
啜饮一口山涧水
坐暖一个和风的亭子
却舍不得采撷一支清幽的荷花

枫桥，枫桥

红土绿墙的村口
道路的尽头是高山
枫桥是一根弯弯的扁担
一头是百姓一头是国家
枫叶是西施的娥眉
鸟鸣缠绕
那就记住这满江的水吧
摇落尘土
那就握一握粗粝的手吧
抱一抱这警号相连的手足兄弟
青春在忙碌中邂逅
白发与白发读得懂晨钟暮鼓
即使记不住姓名
也忘不掉你的眼神
再别枫桥，枫桥在岁月的烟波
再别枫桥，枫桥在历史的故里
再忆枫桥，枫桥是山川的脚印
难舍难分的枫桥，旅程醒来
一如故我
南方以南初心不改的枫桥

逯春生，黑龙江绥棱人。诗人，全国公安文联诗歌分会副会长、全国公安文联首批签约作家，鲁迅文学院第三十三期高研班学员，绥化市公安文化工作室常务副主任。

阅读枫桥：飞升的诗心或向上的引领

许　敏

> 题记：戊戌暮春，应全国公安文联"不忘初心·春来枫桥"诗歌采风活动之邀，与柯平、荣荣、王夫刚、杨角、沈秋伟等诗人一起畅游诸暨枫桥镇，参观"枫桥经验"陈列馆，采访当下"枫桥经验"实践者，感怀其山水与文脉之美，诗以记之。

与枫桥书：千年诗心或众生平等

这是行吟在江南烟雨里的一座桥
向晚的怜意，正在梧桐的叶子上
生出露珠

你也可以将这黄檀溪、白水溪、白云庵
藏书楼、梅花桥、东化城寺塔
视为灵魂的博物书

解惑于地理学、美学、宗教、政治，抑或道德
这湍急的溪水、万卷楼
与寄隐草堂一样，都是精神的致幻剂，有着旺盛的繁殖力

而你独爱小天竺里的建筑，一草一瓦
高低错落，红尘里收缴来的刀斧
温顺而又静默。暮春，片片杨花似雪

阅读枫桥：飞升的诗心或向上的引领

万物都在释放自己的囚徒，光裕堂
霞光万匹。当然，你
也可以充当扭转乾坤的那只大手

像枫桥，绽开江南春风第一枝
以祈愿者的姿态，一步步地接近美好乡村的
本心，辽阔而又丰盈，与诗心画心平行

群峰清丽，灵气萦回。你可以是
古越国浣纱的女子，以身报国。也可以是
驿桥边的牧童、稚子

一生的嗜好：种梅、咏梅、画梅
孤高。磊落
一颗心在洗砚池边树的墨迹里浮动

与枫桥一起，只向清澈的枫溪鞠躬
九里红枫，十里梅园
山河只为故人奉上热血和胆汁

你的一生都在凿刻碑记
字字似铁。那是一个时代的镜像与本体
超拔，尖锐，而又沁凉虔诚

新的征程正以虚怀若谷之姿
将小镇缓缓收拢
在枫桥，谦卑之人总对存在之物心怀敬畏

枫桥经验：55年的慈航与引领

经验，来自于55年前
江南水乡千年古镇的
一次萃取与提纯
来自黛瓦骑楼、耕读传家的孝义路与走马岗
来自实践，来自民间
来自于历史的细节和导流
来自于得道者、胜利者从诸暨播撒开来的
春天的种子
来自于一代伟人的慧眼与睿智

这是盛产国画大师的诸暨
再一次挥舞他的丹青妙笔
在人间正道善恶是非的持久角力中
一些正在伏地的生灵，重被宽宥、引领
规整自己的命运
而气象哨不再预报棍棒、投枪与箭簇
唯爱繁衍生殖
一次次地突破肉身之茧
比时光之剑更锋利，更迅疾

一座教化之桥
能度生死，方辨善恶
才不辜负桥下清澈的流水
和桥上皓洁的明月
香榧树的翠绿和枫叶的火红
让你一下子获取了灵魂的底色

这大自然的河床
只有春花，没有墓冢
55 年的求索，看似一场奔赴
实则幸福的轮回

这是一部慈航的宣言
傲然的船桅是一座桥
——枫桥
世事是它脚下翻卷的波涛
而你始终春风一样，绿了两岸
芬芳了自己，这是不是也
契合一个时代的航程
枫桥真的不是一座简单的石桥
它更似一架登云的天梯
走过它的人
一生都沐浴着彼岸的光辉

大美枫桥：把平安的涓流汇成信仰

上善若水，浅者仁
深者惠。安静，浩瀚。在枫桥，这水
是清泠泠的枫溪，是流进你心里
一连串感动的名字——

他们来自乡野，来自喧腾的工地
来自阳光的街角小店，来自普通的巷陌
来自平凡日子的浅吟低唱
来自党旗与警徽的一角

他们是潮头之水，看上去
是那么的强劲、舒缓，而有耐力
他们释放能量，哪怕身子再小
只是一滴水，也要喊出爱，喊出渴望

他们都有着十里春风的眼眸
把每条街巷每户人家梳理得镜面一样光滑
不惧光阴磨损，将汗水和品质
凝结为平安之果，凝结为旱季的甘霖和冬季的炭火

确切地说，他们只是枫桥浩繁卷帙的经验浪花
老杨调解室一朵，红枫义警一朵
镇东警务站一朵，邻家警察一朵
枫桥大妈一朵，红枫党建一朵……

红在枫桥，义在民间
崇法沐德，积安向善
他们一起奔流，渐次开阔
承接一条溪流的使命，与大地交融

接纳悲伤孤独的雨水
和零落的花瓣
我采访他们
笔尖流出疼痛和欢喜

笑容羞涩，骑小黄车走村串巷
一个星期只回家一次的警察边赟
以心为桥的治保干部王水芳
让儿子推着轮椅上班的支部委员杨山野

都让我想起一泓溪水的襟怀
和枫溪的传承
想起万千条扯动风帆的纤绳
想到一种精神的笃定与笃行

渴饮枫溪，怀抱温暖与感动
我会记住每一朵浪花的名字——
杨光照、陈荣周、王水芳、陈佩英、吕小祥
他们是中国梦平安的基石，一生唱出海的宏愿和深情

许敏，本名许正敏，安徽肥西人。诗人，中国作家协会会员、全国公安文联诗歌分会副会长、安徽省诗歌学会副会长，全国公安文联首届签约作家，安徽省文学院第三届签约作家，参加诗刊社第二十三届青春诗会，供职于合肥市公安局。

枫桥诗

李尚朝

春风化雨

我不能用力过猛
也不能无动于衷
只要我用力去爱
这世间的一切都可以开花
在我的心上,没有石头
一切有生命的事物都充满活力
只是偶尔有淡淡的忧伤

所以我要学习春风
把甜蜜溶解在春雨里
向我深爱的大地吹送
我轻轻抚摸,细细挥洒
就会有母亲和妹妹
站在落日的黄昏里
一边下着细雨
一边闪着金光
她们说起枫桥
就会把记忆藏在幸福里
笑了又笑

在枫桥想起扁鹊的哥哥

今年春,游于诸暨枫桥
皆谈枫桥经验,三句话
小事不出村
大事不出镇
矛盾不上交

忽想起名医扁鹊和他的哥哥
扁鹊治绝病,名响于国
二哥治初病,名播于乡
大哥治未病,名止于家
扁鹊云,其技源于两位兄长
若论医术,大哥绝,二哥精
扁鹊之术,入好之列

乃悟,治安之术,亦分三等
化为绝,防为上,打为补救之法
所谓枫桥经验,实为大哥之术
化心结,治未病
其术绝,名止于村
春风化雨,非仁爱而难为

邻家警察

我们一起看燕子,看荷塘
把三张红纸,贴在门楣上
我给你描绘昨天的菜地,纺纱的趣事

还有枫桥，溪水流过的地方
鱼翔浅底，听我们暮归的吆喝

你每天走在我们中间，说说笑笑
平息午前的争吵，让枫叶含羞
红着脸不言不语，轻摇着微风

宁静的乡村，自有缤纷的色彩
但人生在世，都有小小的心魔
你就用一身情怀，像个守夜人
与时光小酌，带来和煦的阳光

李尚朝，本名李尚晁。诗人、词作家、书法家，重庆市公安文联副主席、重庆市公安作家协会主席、重庆市流行音乐协会副主席、全国公安文联签约作家。

枫桥之歌

周孟杰

红枫树

燃烧的部分一半在泥土,一半在天空
火热的部分一半在血脉,一半在心口
你看到的,是风与阳光之舞
是温情与暖意的涌动与交融
在枫桥,茁壮成长的红枫
直达光阴深处
在枫桥,幼苗葱茏的红枫
与春天完成一次庄严的交接仪式

绿山把新居抱在怀抱,流水把故园送回
记忆,一行红枫伸出温暖之手
它搀扶过的小草记得,它护佑过的嫩苗记得
一个善良与大爱丛生的土地
岩石温情,寒风有暖,流水脉脉

是红枫点燃了它们,一簇火焰
伸向人心深处,一把柴火送向迷途之人
是红枫指引了他们,一条通途
送到他的脚下,一个前方让他感念终生
是红枫温暖了他们,一缕温暖
解三冬之寒,一腔热忱化冥石之顽

红枫，它们长在世道人心，长在大善之地
它们时时把爱捧在手心，像那群不知疲惫
孜孜奉献的人

枫桥听水

把故土当身躯，流水当血脉
为我带来感动的，必历经万里遥途，昨夜风雨
我们踩着花香聚拢，用薄暮的触角
靠近，从修长的翠竹上取身影

一曲大爱之歌被万物纵声，我的热泪
是以热爱的深情流淌
水边稻禾的繁茂倒映天空，桥下流水
弹奏的琴弦来自挚爱

一个身心护佑的河流，大地有福
一个投身长河的身姿，无限迷人
很多次，我因流水的怀恋而失眠
我也因流水的钟情而泪水不尽

从桥头的歌声上取下颤栗，从我心头
的起伏上留住感动

还要继续，我们与草木一起捧出感恩
我们与枫桥一起收获富足
我所有的离去都是为了再次归来
我所有流淌都是为了沿途的丰沛

在枫桥，我听过的大水绵延四方

在枫桥，我敬慕的好人善美天下

红枫义警

以红枫的名义命名，以红枫的要义延伸

一枚红红的枫叶，一只小小的旗帜

它燃烧为火焰，它照人心为炭火

一个个陈荣周们，他们是心怀大爱的枫树

他们叶脉的河流奔淌过四季

每时每刻有浪花的舞动翻卷

把路开得更阔，把心拓得更宽

一个用美好来描摹的春天，笑靥如花，笑声如潮，笑从心来

一个被红枫抚慰过的心灵，将把春花种在心怀

护佑大美的人，必将被四季歌颂

一个手拿灯盏的人，自己身上光芒四射

一个手握铁锹的人，自己脚下一路平坦

一个心有四方的人，自己眼中辽阔无际

一个心装大爱的人，自己胸怀海纳百川

和那个叫杨光照的人

名字与心灵同样闪闪发光的人

我们一起坐在下午的阳光里

透过他温暖的笑容，我探寻着一个义警广阔的内心

我能想象,那些风雨的日子
他把自己站在路旁
作为一棵红枫,时时为大地歌唱的欢欣

枫桥骊歌

我的赞美和众人一起莅临
齐声称颂里,草木倾下谦卑的身躯
我在枫桥边逗留、看枫叶、抚摩一段树干
风从河畔吹来
对岸的歌声比浪花溅起更多回响

我们起初站在那里,后来被歌声带进古越
深深的院落
三贤的身影在暮色里
缓缓移动,光芒的照耀下我们热泪盈眶

我们学着修身、立命、安天下,发誓向一枝梅花
学一生一世:修炼身心,清香天下
在清苦的世上,笃定信仰与精神

我们把歌声唱出信念和自己热血沸腾的激情
像一个枫桥人
胸怀大美与大爱,献出热血与热爱
现在,我们把歌声相互传递,从对岸到此岸
从源头到下游

像先贤高举照亮尘世的美德与情操
我要从一株青草做起,和枫桥一棵红枫
结为兄弟

枫桥,枫桥

一座桥它通春天,也通向人心
一座桥它渡大地的春水,也渡万物葱茏
一座桥它铺下大地的身子,拱起大爱的脊梁
一座桥它嫁接世道人心,平坦人间坎途

在枫桥,我与七旬义务调解员王水芳
面对面长谈,他瘦弱的身体充满飞扬的激情
雨润无声的笑饱含无限温暖
几十年了,行走过的乡村与小镇,都会记得
这个身影,都会记得
春风化春雨,暖意抚创伤的这个人
是他,把爱心与和睦送至乡人家门
是他,身背欺辱化干戈为玉帛

枫桥,枫桥
无数匍下身子的砖石,挺起你的身躯
枫桥,枫桥,无数无名的浪花,托起你的伟岸

我走在明媚山水间
一片土地因为爱而成为热土
一湾流水因为爱而成为源泉
一座山峰因为爱而成为怀抱
一座桥因为爱而成为通途

在枫桥，记一次出警

如此变换角色，变换场地
但总是剧情雷同，诱因相似
他们因沙粒，因鸡毛
如狂风、如急雨、如箭镞、如飞沙走石
这是春天，却暗藏漩涡
沙尘遇到暴力，便暗无天日

这是初春，阳光的怀抱阴晴分明
花苞挣扎着跳出混沌
一季泥土的美，农庄的美，活着的美
转瞬即逝的美
该柔软地回应

怒目里，赵纲自自尊、孝悌、恭谦讲到春天
咒骂里，赵纲自善恶、修身、和贵讲到春天
撕扯里，赵纲自隐忍、容让、大局讲到春天
在矛与盾的两面，赵纲细心地
一遍一遍画春天

一枝桃花挑着大美在身后，这么近
赵纲绞尽脑汁，让他们一起转身
春风化雨也即如此
尘埃落定之后，依旧春花灿烂

枫桥好人

在诸暨,一直走,枫桥之侧是吾乡
一直走,修身、立命、开太平的三贤
是我心灵的高地
一直走,我将在丰饶之地
遇到无数思想饱满、内心火热、赤诚相见的好人

我说过的浣纱江,在暮色里沉静低缓
茂密群山投向小村晚归的身影
当杨山野走在村头的夕光里,风浮动白发
一副宽厚之手与他相遇

掏心掏肺之后的舒畅无人体会,动情洒泪在之后的
酣畅让他心安
十几年了,每次让矛盾双方握手言和
他都会在晚饭时喝上二两

一个把他人之事当做自己之事的人
一个把他人之危当做自己之危的人
杨山野,把一副好人的心肠写在栎桥村
人的心坎上

跑断腿的劝和,磨破嘴的劝解
忘记自我的深情,舍弃自我的真心
一个好人的身体里,到底有多少感动人心的能量
一个好人的肺腑里,到底装下多少侠肝义胆

枫桥好人,一个普通而深情的称谓
为一个人,一群人立起深入心田的口碑

周孟杰,山东淄博人。诗人,中国作家协会会员、全国公安文联诗歌学会理事、淄博诗歌学会副会长,鲁迅文学院第二十三届高研班学员,全国公安文联首批签约作家,中诗网首批签约作家。

春风,加重了枫桥的份量

苏雨景

一株红枫

我知道一棵树为什么会变红
知道它的执拗缘于血统
烈日之刀,风霜之斧都会加重它的深情

我知道一棵树为什么会变红
知道它身体里的河流多么热烈
翻卷的浪花多么亘古

我知道一棵树为什么会变红
知道它怎样以血液为松油
竭尽所能成为灰烬

我知道一棵树为什么会变红
知道它献出自己的过程
就是因为燃烧而产生光的过程

红枫义警工作站的门前
我仰起头,那些叶片在高处跃动
如果阳光再强烈一些,它们真的
真的会成为旗帜

村民王水芳

他为越语
我为鲁音

为了让我听懂,他摩挲出一张纸
在我面前铺开,边聊边写
写下一个农民的朴素与深邃
写下他心里的热爱,我眼中的敬意

他说,作为一名治保干部
自己每天要做的就是
把人心这眼深不可测的井
一锹一锹地填平

提到家园,他的脸上
有枫溪的清越和欣喜
他弯曲的皱纹是线条,是光阴
是流水冲刷后的河床与黄金

这样的暮春真好
窗外,一只紫燕闪着光
融入天空的高远
眼前,一位农人满头风霜
正从大地深处走来

陈佩英们

是她,不,是她们
让春天呈现馥郁
让秋天呈现金黄

这里是西子的故乡
这些被江南滋养的女人
有水的形态,火的肝肠

白天,她们在熟悉的街巷
运送温情,敬奉光阴
夜晚,也不必担心迷路
她们就是萤火,就是灯盏
有多少夜归的脚步
就有多少被照亮的内心

这些从草木间走出的女人深知
万物有灵
她们应该像光一样存在

香榧树

细叶如羽
有关它的故事,是被一根一根说出的
不用借助四季,借助圆缺
它的光阴自有轮回

多年以来，它把自己视为普通草木
在深山的僻静之所
就着云雾锤炼歌声
在黄昏到来之后站着做梦
在雷电交加之时逆风飞翔

它从不讨好江南的雨水
以寻求枝干的速生
它有意放弃一些捷径
是为了竭尽所能地履行使命的盟约

在枫桥，记下一种名贵的树
与写下一个平凡的人没有什么不同
树有人之品，人有木之心
这些江南的子嗣
一起展开丰富的局部
除了在我心头刻下了化石的纹理
还种下了一片安静的深海

多么像一只母贝

她的春天徐徐开合
那些新蕊、新叶都暗含着潮音
多么像一只母贝

曾经，她接过痛楚，接过磨砺
接过一切命运的赏罚，沉入漫长的孕育
多么像一只母贝

她用一层一层的珍珠质
包裹伤口，耐心地扮靓体内的山河
多么像一只母贝

她隐忍、坚毅，数年成珠
用完满回馈命运的赠与
多么像一只母贝

终于，她捧出了稀世的珍宝
捧出了时间高贵的果实
多么像一只母贝

枫桥是一座什么桥

我说，枫桥是一座木桥
桥身系百年香榧而筑
桥下流水的声音，鱼戏的声音
浓荫里对弈的声音
皆能满足我对田园的一切想象
而这些声音，从来又都不是它们本身

我说，枫桥是一座石桥
它能在没有路的地方成为路
在没有风景的时候制造风景
它的弧度不等于弯曲
时光的冲刷，只会令它越来越坚硬

我说，枫桥是一座人心桥
每一分钟都在借助太阳的照耀积蓄温度
借助春天的景深铺开美
无形中有形，有形中无形
朝着前方，稳稳托起人们的脚步

而那些流水
那些源于大地，去往大海的流水
前赴后继，在经过它时
感到无比幸福

访范蠡祠

五月无风
范蠡祠立在微雨中
我来自齐鲁，他去了山东
我举着上古的茶香
却找不到可以对饮的人

吴越的子民已喜结秦晋
流水记下的山河破损
已被花儿们治愈，那些花儿
开始是一朵，后来是陶朱山
再后来是整个江南
当年的战火算是白燃了一回

如今，我长途跋涉
来扣范蠡的门

无关吴越之争,无关商圣之道
只关乎历史的烟尘派生出的爱

算了,邀约未果,
日后湖上遇见了,定多喝几杯
但我,不做红颜的西子
不拿美貌做交易
肉身换不来干净的江山

长长的浦阳江
从不缺捣衣声,这人间的梵音
意味着神灵在场,意味着
我也有一段刻骨的深情通往未来

苏雨景,山东济南人。中国作家协会会员、全国公安文联理事,鲁迅文学院公安作家研修班学员,供职于济南市公安局。

枫桥小唱

蛔　蛔

好人杨光照

人生偶遇，有些人，擦肩而过
有些人，会在记忆里驻扎
比如老杨，我在枫桥的一间办公室与之偶遇
他曾是"邻家警察"
带有标志性的阳光四溢的笑容
他有简单的个人史：从军，入警，退休
履历背后，是两排整齐摆放的笔记本
纸皮的，塑料皮的
许多汉字藏在里边，日常，琐碎
一笔一画从不同岁月的手指间化成流水辞
我和它们偶遇
和站在汉字后面的老杨偶遇
现在他是人民调解员杨光照，是推开门
就见到春风的邻家大叔
他的字迹还保留着端正的样子
案卷里装订着，情与法
故事与结局，那些完美的结局
叫做枫桥故事。老杨老了
但他的笑容还是那么年轻
他用明亮的名字
为一个地名代言

小镇的诗

靠一张嘴
靠一双手
靠一双脚
靠一颗心
的确,在枫桥,人们的心灵
是春风的收藏罐
要在小镇上
弥散简洁而温馨的诗意

枫桥民意观察

1
我把赤诚之心交给你
你为它增添了枫叶的颜色和形状
以及它由绿转红的心境

2
春来枫桥,看不到红叶
却看到火热而甜蜜的世道人心

3
一个人,是枫桥的一棵枫树
一群人,是枫桥的一片森林
在枫桥,山水端庄
人与树木相互观照,热血交融

4
你,我,他,她
笑容点燃小镇,构成枫叶的
五个角。微笑也会像鲜血一样
长成鲜活的模样

5
乡村是古老的也是崭新的
油菜已经结下饱含深情的荚果
村落里满是劳作之美——
那些织机,在我心上织出云锦

6
春到枫桥,细嗅之,有市井的味道
姑且看之:桂花慵懒且暗香浮动
三色堇开在安静的角落。有风来
它吹过市井,带来和煦的、时代的光线

小警黄彬炳

脑海里有时恍惚
南方姓黄之人似乎普遍,从扬州、苏州
到杭州、黄州,大地的黄一路相遇
在枫桥,小警还姓黄
帅气小哥,是村落的兄弟
与枫栎椹椹一样
小黄从幼树长成英武之材

其间历经冬春夏秋
从种种卷宗的梳理中，走进民心
纸上的侦探成了村里的亲戚
每家每户，都记住了青年的、贴心的
这棵枫树，他有火红的情义
他有端直的脊梁
很多人，也都记住了
和小黄一样的社区小警
这些年轻的树，接过老杨、老陈们递来的火把
渐次地，长成整齐的方阵

蝈蝈，本名郭海滨，甘肃成县人。诗人，中国作家协会会员。

枫桥踏歌
穆蕾蕾

当第一滴水醒来

四孔古井,里面大地睁开的明眸
可供干涸畅饮;一面老墙,时间书写的墨痕
霉渍斑斑,自成画中极品

修建中的枫桥镇溯源而寻
它在联结历史中那些灵光熠熠的片段
它在寻找枫溪源和枫溪之上
看不见的枫桥永在摆渡不会塌没的成因

枫桥镇收海成河,卷河成溪
然后又回到最初那滴水。枫桥镇
将滴水打开,显露一粟中的沧海

一滴醒来的水,会碰醒另一滴水
然后整片海将脆鸣
如风铃,被水的觉醒撞响

珠水成海。枫桥镇是第一滴
从晨曦中凿透古意,将带着觉醒流淌的水

看枫桥

香榧树细密的叶脉,让视线
翠绿且端正。枫溪江青白的江涛
让目光清凉又明澈。谁透过
这样的眼睛在观看

这是穿越黑洞,抵达星星的操作点
这是栽种火焰,供应冰雪的实验田

灵隐寺的钟声是穿过历史
打在纸上,能漾出连串光斑的时光拓片
枫桥驿是枫桥的木头
跌进河水,永不会在时间中塌掉的虚词……正被实用

这座救赎之桥,桥身是
给予和宽恕开出的沿途花朵。桥身的木纹里
战俘和失足者回望的泪还在爱的光波中晃动

而彼岸,是已经开在江南水墨色图案中
真实的和平街和越踩离家越近的孝义路……

枫桥之根

离开森森之木,风从何来
凝风之木,风起于青木之端,这是枫之成因

离开郁郁之木,桥从何生
集竹成桥,桥成于木倾之时,这是桥之成因

枫桥,当风轻轻摇动那些叶木
满山的红枫红,便将四季煮沸的热血向根底倒灌

枫桥,当桥轻轻展开那些林木
满路的香樟香,便将枫源蒸腾的气霭向人间弥漫

穆蕾蕾,陕西周至人。中国作家协会会员、中国散文学会会员、全国公安文联散文分会副主席,鲁迅文学院第三十二届高研班学员。

枫桥行

邓醒群

致枫桥

走过桥,看到的不仅仅是风景
枫桥。滴水成溪

因溪成河,因河成江,汇流成海
没有水不能洗净的污秽

没有水浸不湿的土地
没有水滋润不了的生命

包括石头。同样,没有架不起桥的地方
包括断崖。没有走不过去的路

包括沙漠。没有风吹散的雾霾
没有解不开的谜。包括心结

一座跨越尘世壑沟的桥,有着何等灵动的神性
乘着三月的春风。今天,在诸暨枫桥

读西施,读王冕,读香榧。品一杯春茶
就是品味江南,品味枫桥,不一样的春色

向着远方出发

汽车从 S120 线转入汕湛高速揭博段
向广州南站驶去,换乘高铁

向着远方出发。历时 10 多个小时
赴一场盛宴。一群警察诗人

相聚诸暨的枫桥。温润江南
曲水流觞,惠风和畅。会稽墨香

柳丝垂长。暮春江南胜景自不同
我的脚步随春风停泊在枫桥

倾听风讲述故事。这颗种子种下
在这片土地上。沐浴着阳光、雨露、清风

茁壮成长。发芽,开花,结果……
躯干如此伟岸,叶子如此翠绿,果实是如此丰盈

这棵树。无论风霜与雪雨,或在变幻的世事中
它都饱含着深情,怀着一颗悲悯的心

根植江南大地。春风化雨,滋润着土地上的生命
这是一棵有思想的树,这是一棵神性的树

它,在岁月的长河中自成一面旗帜。历史的留痕
我在这棵树下,用心地读着,读着

每一片叶子,每一条树枝,目光专注
怕错过藏在树叶中的细节。在这里

我又一次读到了人民的伟大,读到了灵魂的重量
化腐朽为神奇,这不是传说。人性光辉照亮的黑暗河流

大义微言,精神掷地有声。善念总是能感化恶俗
信仰的旗帜在天空下飘扬。一代又一代的人

坚守着信念,不懈地探索,破译隐世密码。一代又一代的人
在道德的高地上孜孜不倦地耕耘着。任由岁月流苏

始终如一对真理的追求,诠释爱的真谛。一代又一代的人
用行动丰富了思想的内涵。经验是智慧的结晶

是枫桥人务实、包融、平等、共享共治的体现
实践是创新源泉,是和谐平安的助力器

井然的秩序,是文明的特质。老杨调解中心、红枫义警
枫桥大妈。八变八新、三上三下、网上网下……一个个亮点

都是思想境界的升华。高蹈的精灵。它
与时代的脉搏一起跳动,一起闪光。枫桥

春光正好,春风正暖。在一片结满油菜籽的地里
听到号角吹响。一座丰碑焕发着别样的光芒

浣纱的地方,再也没有如此优雅的身影

她走了。传说还在继续
有多少人把她供在心中,无论男的

还是女的。各有各的念想。她走了
浣纱的地方再也没她如此优雅的身影

纱是水洗白的。她走了
再也没有人能洗出她手中的白纱

豆腐是水做的。她走了
再也没有人能做出豆腐原来的味道

浣纱的地方也变了,流水还在流
夕阳中,慕名而来的人络绎不绝

寻踪的,写诗的……一拨又一拨
却谁也还原不了故事的原型

她走了。传说还在继续。强加的
念念不忘的……一个弱女子

怎堪担负家国的情怀。她走了
身影在历史的屏幕上,不断被刷新

春天,西施故里遇见一个商人

夕阳打痛那扇欲闭还开的门
案上的香还在燃烧,香烟弥漫
与花香在风中交汇,给黄昏添了几分神秘

无法按图索骥去了解真相。当一个商人
把生意做到朝廷时,君王也不过是雇工
三千盔甲将一个王国吞没,典籍言之凿凿

石头上写满他的生意经。美女是拓展市场的法宝
营销都管用,当对手接纳了馈赠的美女
就意味着他的股市要崩盘。坐实谁是债主

账本不只是经济往来的清单,用笔来记账的不是商人
在市井上讨价还价的更不是。精明的商人不守财
他深知杀身之祸来自何方。一如烽烟过后,剑就会转变用途

在西施故里遇见一个商人(其实他早就不做生意了)
他端坐堂上,坦然地接受往来人的朝拜。关于他的那些事
书上有记载,江湖有传说,门前的石狮子缄口不语

那条河还在。商人还在做着生意
开实体店的,网上批发的,都在使劲地吆喝着
不断给历史这个娃娃充气

枫桥，一首写不完的诗

1
握住春天的手，浣纱的地方，春风潜藏在香榧丛中
蔓草长得正是青春。一只鸟载着历史的经书盘旋

——水面。远处的桥，车来人往
夕阳，把一条河染得火红。千百年来

不知有多少人怀着美好的愿景，来这个地方
看夕阳，看春天。希冀能遇到昨日的她

哪怕是一个脚印也好。然而
浣纱的地方变了，变得比水的速度还快

手可触及的是形态各异的雕像，风吹不动雕像的秀发
走不过去的是不宽也不窄的水面，水流不急不缓

谁看到了水底下的暗流涌动。荡涤岁月的尘埃
悲剧也被演成喜剧。前来访问的人

在一座座雕像前流连。相对
察言观色

2
水，冲刷尘世的杂质，淘尽泥沙始见真
鱼从浅处，游向深处。生活，是否也浅出深入

浣纱的手,尊贵与卑微。赞美与诅咒
都抵不住岁月的流水。它的态度没有暧昧

毫不留情地把那些不该存在的东西,清洗
一如浣纱,洗净杂质,纱的洁白就显现了

范蠡不来,西施是否会在这河上浣纱终老
世事没有如果。把宝押在一个绝色女子的身上

江山与美人之间,当选择了后者。王者的荣耀
英雄的气概,不敌回眸一笑。弄月笙歌

泛舟四海,名声千古。当商人辅佐君王治国理政
战场就是商场。西施无姓,历史有名

最好的悼词不在精美的文字,诗也一样,东土山上的谢安
李白携酒伴妓拜祭一番后,他有没有去

寻找西施,与他妓媲美就不得而知
我只看到老屋的巷子,在夕阳中变得修长

3
老屋的大门或关,或虚掩,石墩储存了应有的温度
表面的清凉,内在的炽热,不是谁都能抚摸到

兰花三三两两地开放,努力构建季节的秩序
瓦面分行,门神各就各位。适合传世的语言

在狭小的空间百转千回。轻声细语的女子
她脸比春天还美,逐客的态度让人更加流连

请她给我三分钟,把那雕刻的窗拍下来。尽管
走入私人领地是不礼貌的。但我遇见了前朝的工匠

4
天井,打开了老屋与天空对话的一扇窗
留白,足够说明人类的智慧。当大门关上

保留同天空沟通的渠道。风可以进来
雨可以进来,阳光可以进来,月光也一样

当里面的信息得到传递,乘着白云的翅膀
整座老屋就可飞翔。命运的通道闭而不堵时

它就会找到安身立命的道场。进而生生不息
虽然,也在历经劫难洗礼。有些磨难是必经的过程

如书写诗歌时,总会感到难度突增
于是,获得幸福感也就在这一刻

5
屋坪上。四口井,两双眼
它照见了什么,前世

今生。它看见了什么,沧海
桑田。或者一切都不是

枫桥行

除了屋檐下的燕子,在这个时候忙碌着
会说话的已经学会沉默了。一如那对狮子

墙上的文字百读不厌,虽然有些夸大的事实
天空之小,在井的眼中是不争的事实

水之清明也是事实。来来往往的人
一直在寻找佐证事实的事实。伊人不见了

梳妆的情景躲在井底,深藏不露
羞于见人,或怕惊醒睡在春天里的人

6
站在涂满岁月痕迹墙上照相的女子
坐在井边上拍照的女子都正年轻

从大门走出的人,赶上了好时光
秦风汉月是怎么样,魏晋风骨又是如何

慢步从唐朝的小路,走向宋朝的屋檐
元时的树,洗砚的池头

梅花的香已渗入土地,经久不息。柯桥与枫桥
重叠着,看不见的痛。彼此守望

昨天,今天,还有未知的明天。野火
烧过会稽山上的草,一遍又一遍

流水从来都没有断过,因而山上的枫叶绿了又红了
杏花绿了又黄了。白云不是天空的过客

不知道如何区别岭南的春天与江南的春天
我,翻遍了诗经与唐诗宋词。结果都是异曲同工

佛法的玄妙,如池塘的莲花,兀自开放
他诵他的金刚经,你读你的逍遥游

风吹过,午间的阳光在捣衣女人的眉毛上
跳舞。取水的少年,使这口老井年轻起来

我沿着落花铺满的小道,默念着
日出江花红胜火……走过三月的枫桥

7
在枫桥,我见到了这样的一群人。杨光照,孙法均
黄彬炳,陈荣周,枫桥大妈……他们都有着各自的
职责

情怀一样,使命相同。他们守护着枫桥的日日夜夜
让风更有温度,星光更加灿烂。一个个名字背后

都有着长串的故事。他们饱含热泪
用真意去擦亮每一盏灯。读着他们的身影

平凡的日子,流淌着人性的伟大。在这个三月
对枫桥,我又多了一份理解与敬佩

8
我曾努力地学习,试图更好地写好一首诗
赞美春天,赞美枫桥,赞美枫桥的一切

却在离别时都无法在纸上写下片言只字
找不到任何理由,去搪塞自己愚顽

直到上车的那刻,夜色如此安详。我顿悟
原来枫桥,诗意的春天

寻找

三月,雪已化作江南春天的花朵
油菜花开过后,菜籽已交出了答案
寻找过往的踪迹,在不经意间发现
村子里的宁静,房子错落有致
古井里的水依然是清澈,甘甜
井边。面对陌生人拍照,捣衣的女人
没有拒绝。脸上,洋溢着春天的气息

江南女子,无论在田间,或在地里
优雅身影,古韵风姿一脉传。吴语轻轻
道尽江南好时节。寻找,时光往来有度
柳丝千条,撩动春雨情愫
唐诗宋词占据枝头。会稽山上的风
送来经久不息的墨香。在枫桥一座房子大门上挂着一块
"二星级民间书法师"的牌匾,同行的沈兄说起了
有关绍兴市实施民间人才"万人计划"的话题

注视着古朴的大门。小小牌匾
春光,无限

一支笔,写字,或画梅

一支笔,写字,或画梅
融会贯通着,知与行

字或梅,在历史的烟云中,其香经久
其芳经久,弥天漫地。一支笔

一直在演绎着什么是前世,什么是今生
千百年来,花开了几遍,又落了几遭

于无声处,花,有笑,也有泪
字,有棱,也有角。在春风中

在雪落的时候。笔底大义,每个日子
都在起舞。人性的温暖,心间流淌着

捣衣的女人

一根绳伸入井里
吊起了枫桥的春天。春风

走过打水女人的脸上。水
浸湿了盆中的衣服,洗净岁月的尘埃

手,始显高贵。捣衣的女人
让我想起母亲昔日的身影

她,每天早晨就在井边
洗我们的衣服,顺便也洗亮了日头

她额头的一滴汗,跌入井里
水。甜或苦,都是母亲的味道

捣衣的女人,用捣衣棒撩动飘过的
白云。风吹过,说出了这口井

一半,属于母亲。一半
属于父亲的故事

邓醒群,广东紫金人。中国作家协会会员、全国公安文联诗歌诗词分会理事、广东公安作家协会常务理事、河源市公安文联副主席,鲁迅文学院第二十三届中青年作家高级研讨班学员,供职于河源市公安局。

枫桥三阕

孙友民

船泊枫桥

我的船泊在四月的这个傍晚
而非天宝十五年张继系舟的那样的深夜
枫桥,也非夜半钟声拍睡的那个枫桥
尽管,石板路浮现出更多的月和乌
更多诗歌匆忙的脸

这是顺湘江而来的另一位诗人的枫桥
他的船,泊在南湖
是桥两端众生的面孔被一一点亮的枫桥
大地是浩瀚之水,枫桥抽象为一个比喻——
有关水与舟的比喻

这是更后世的一些诗人——譬如我
不远千里万里,忽略是否有钟声陪同
走过来,蹲下去,抓一把泥土
反复擦洗自己的词语,并练习
如何用朴素、干净的修辞,一笔一画,刻画出
那些细小土粒身体里的火焰,与骨头的
枫桥

遇见陈友堂

戊戌年四月二十六日。枫桥
有个好天气。溪水里的长草摇曳着天空
而我遇见的陈友堂一脸着急
顾不上寒暄,匆匆忙忙往县上赶
去为一个被施过魔法的人作保
单薄的身子,走近,复走远
起于一点光,终于一点光

"关上一扇门,就是关了一个家啊"

过了一些必要的时间
你保出的那些旧气息的散发者
得以窑变。在刚刚打开的时代橱窗里
每个器皿,都在恰当的位置
自由呼吸

但是这天我不可能碰见你
你的那一刻,是一九六三年

哦,心怀大海的人,也许我只是恍惚间
看见你从陈列室的墙上,匆匆忙忙走下来

但即使没有具体的桥
也会有相对论的时针渡我
让我们在枫溪村的一条路上打个照面
还会有更多后世的人,在某些出口碰见你

因为人性中明亮的事物——
那些春天的雪一样一粒粒聚拢的光
总会在光阴的来来回回中
一现,再现

枫桥,与陈老莲书

枫还在,桥还在。明月刚刚还在
吴香、卞云裳在否

今天,枫桥的阳光身着宽敞亮袍上朝
不像你,披着从竹林里借来的缁衣,抗旨不就

鸿雁是不是全都改行了
你用来问风问月问世道的电话也全是忙音

不遇
是料定的

"万山拥我后,千山护我前"
躲在深山古涧里,借居于云端

在云上垒一个门,叫云门
在内心里修一座寺,叫云门寺

冬天远走,买酒,不可称寒沽了
总在酒醒后才想起,君从驴背来

枫桥三阕

早上浇书，夜里味象
行要杖菊，坐要漱句

群山奔走，莲花摇动
山中时光生锈，山外桑田又旧

旧了的春天就被人间扔掉了
莲老了，自己回到流水

孙友民，河南驻马店人。诗人，供职于驻马店市公安局。

透过你的眼神,看枫桥

郑光明

新择湖

走在如虹的桥上
走在你的目光中
我,与错落湖边的
橙红、黛蓝、雪白的房子
深绿的树,浅绿的竹
还有一片片刚刚露脸的小荷
一起走在了蓝天白云之间

不用与武汉的东湖比
也不用与杭州的西湖比
不用与嘉兴的南湖比
也不用与济宁的北湖比
你就是你,晶莹的一泓
你是枫桥的一棵香榧树下
纯朴村姑的清澈眸子

你见过王冕水边作画
也见过陆游岸上吟诗
你见过一代伟人欣然命笔
也见过一代领袖悉心点睛

你展开的涟漪
给我展现了一个
被烟雨和阳光
抚摸得亮丽、妩媚的江南
你闪动的波光
更让我看到一方水土
如何深情地滋养沧桑的岁月
而辈辈儿女
如何把自己的枫桥
紧紧地捂在胸口
才温润成一颗
绚丽无瑕、光映九州
令人沉醉不已的江南明珠

民警赵纲

枫桥派出所的二楼
浓眉大眼的赵纲
把十二分的热情
泡在一壶茶里
让我这个远道而来的老警
品味枫桥

我对枫桥是久仰的
40年前,受训湖北省公安学校
就考试过枫桥经验这个名词
那时的枫桥

其实是公安战线
迎风飘扬的大庆和大寨

赵纲是镇东警务站的站长
点一支香烟,慢条斯理地
给我点亮一个个
"邻家警察"的故事

我说:你的故事
可以新编《今天我休息》
赵纲只是弹一弹烟灰,笑笑
我说:你的故事
让我读懂了枫桥经验的精髓
赵纲也只是弹一弹烟灰,笑笑

在赵纲案头的墙面
贴着一张和平鸽的剪纸
我说:这只振翅的鸽子,真好
这一次,赵纲没有再弹烟灰
只是笑笑,端起茶,抿抿
我却在赵纲满盈笑意的眼神里
看到了一种神圣的图腾
而这图腾,正是枫桥所在
正是历久弥新的枫桥风韵所在

赵纲说:前辈,我们的枫桥
味道如何
我也笑了笑:来,续茶

织手套的女工

这位年轻女工
就像一个舞蹈老师
聚精会神地,盯着
七八台手舞足蹈的织机

我用手机拍照
拍一根细细的白线
无声无息而轰轰烈烈地
在女工的眼前渐渐升华
我也拍女工戴在手上的
自己织出的
一份辛勤与快乐

真该谢谢这位女工
让我一到枫桥
就聚焦到一双明亮的眼睛
从而欣喜地捕捉到了
美丽枫桥的会心一笑

郑光明,湖北武汉人。诗人,全国公安文联诗歌分会副会长、湖北省作家协会会员,供职于武汉市公安局。

音画枫桥

李晓飞

智者乐水

一条风光绮丽的小溪
上源有二
东源黄檀溪
西源白水溪
在流过长满薰衣草的山坡
和盛开着野樱桃花的田野之后
二源在大竺园相会
始名枫溪

人杰地灵的枫桥
便以枫溪得名

精神标识

隋炀帝的驿站呢
忽必烈的巡检司呢

生前赫赫
死后像涸辙的水洼
跨过之后就被迅速遗忘

真是不一样啊
你看
九里山畔的兰亭
水井尚存的光裕堂
白云庵旁边的洗砚池
却像清气满乾坤的
《梅花诗》一样
代表了江南枫桥
独特的精神标识
积淀着后来者
深层的精神追求

似曾相识

我似乎就是
那个手摇白纸扇的夯汉
花明柳媚时节
走过七柳湖边
遇见那位
画没骨花卉的名笔
遇见手扶拄杖的秦老
须鬓皓然

打麦场上
放一张桌子小饮
论诗书继世
谈耕读传家

东方月上
照耀得
如同万顷玻璃一般
那些眠鸥宿鹭
无声阒然

源远流长

其实
岁月静好的背后
是有人
访千家万户
说千言万语
想千方百计
吃千辛万苦

于是我看见
象征着
最高荣誉的长安杯上
镌刻着枫桥经验

于是我们
才由衷地说
一方水土
养一方人
一方人
孕育一方风情
一个人

带动一群人
一群人
影响一座城

李晓飞，黑龙江人。诗人，全国公安文联会员，供职于哈尔滨市公安局。

枫桥未远行
——纪念"枫桥经验"

任慧君

诸暨的北方
在1365公里的交汇
薄纱朦胧的阳光
似若耶溪轻起的仙雾
洒在我的窗外
将我的北方换作了南方遥远的枫桥

仰望五十五年前的敬意
我的心
已远行
呼吸，是绍兴老酒质朴的微笑
脸庞，是会稽山水清凉的慰藉
我的思绪，在我的北方南方，飞翔

温一壶西子的乡愁
品一曲街巷故里的侬语
我挽着热情的红袖子
好似挽起讲着外语的乡邻
从金水桥的华表越过，起起华夏的稻香
西施故里的温柔已化作绵绵的情
滋润着和字界碑的平安水乡

枫桥未远行

又是一个十五年的春天
加饭酒的醇香早已
在枫桥包裹的溪水里，愈加的浓郁芬芳
那放下了钢枪，俯身担起了不安的村落
那淘换了怀疑，微笑承起了信任的枫桥
用和顺和美和谐的和字华章
传遍了江河湖海，而今
香榧树的根脉
又将那吴越的云袖做成了义字的旗帜
用义警义民义举，托起了
新时代的民安

那个桂花飘香的枫溪江畔
旗帜在
未远行

任慧君，北京人。诗人，全国公安文联诗歌分会副秘书长、朗诵专业委员会副秘书长，供职于北京市公安局。

枫桥的"诗经"与"平安经"
——谨以此文缅怀枫桥千年文脉兼致敬"枫桥经验"

王玉洲

枫桥,古镇
从时光中盘桓而来
化不开的浓浓乡愁
携无尽乡思
尽付诗歌之海
借你之名
海阔天空

枫桥
你的风情不只是
厚重的人文和旖旎的风景
还有那让人取不完的"平安经"
枫桥经验
沿着文脉前行
诠释着平安、安宁的多种写法

平安建设,美丽家园
是所有人的心血
而警察如同森林、长城
你的坚守无可替代

你们用自己的负重前行
给予百姓最真实的岁月静好

走村串户
听些家长里短
有了矛盾你来化解
有了纠纷你来平息
小事不出村
大事不出镇
端平一碗水，和谐

组织起巡防队
戴上了红袖标
警民合作严防范
咱的篱笆咱扎紧
打防管控和便民服务一起上
警力有限，民力无穷
综合治理的法宝熠熠生辉
弹奏起美丽的"平安曲"

你们是枫桥"平安经"里的音符
将青春绽放在群众的心里
你们是人民的忠诚卫士
你们是枫桥的守护者
将自己融进枫桥的血脉
呵护着平安枫桥
点缀着诗意枫桥

诗与远方就在心里
那爱和责任是最美的"诗经"
倘若岁月静好
幸福定在身边

王玉洲,河南新乡人。诗人,供职于新乡市公安局耿黄分局。

枫桥诗篇

壬 阁

枫桥

枫桥,原是枫溪江上
从隋朝架设过来的一册
古越春秋,车水马龙地涌来
历代精英,也接踵走在桥上

走的人多了,如今枫桥
便延伸为一座经验的高架
从北到南,由东向西
贯通着神州的每镇每村

乡土地基上设计的特大桥
经过 55 周年的改造
又接入城镇化的快速路
与一个新的时代
实现了无缝对接

"枫警"的歌唱
——记红枫义警陈荣周

他在红白相间的队伍中
唱一首歌——红枫义警

朝阳拉长他红枫树般
高大的影子

多年来,他在生活的屏幕上
投射一幅幅画面,将"义"字
谱成歌,唱响枫桥的大街小巷

多年后,他突然浓缩起来
与"长安杯"的影子合璧
他听见一个戏称:"意见领袖"

他清醒,自己的身体里
始终住着一群人,是他
内心割舍不断的"枫警"

而他,也成了这一群人
心中的一座丰碑

浣纱的女人

我的视线投入浣江
思想的涟漪,一圈圈荡漾
越女的倒影,在阳光下
金子一样,伴着水波起伏

我看到,她扯过一匹枫桥经验
用时间流水反复浣洗

过滤沙粒大小的琐事
将矛盾的污渍洗净,再沉入江中

她弯腰浣纱的姿势,让拱起的背
更贴近光芒,温暖人世间的
万千事物

> 壬阁,本名陈易辉,浙江温州人。诗人,第二期鲁迅文学院浙江高级作家研修班学员,全国公安文联(作家协会)会员、浙江省作家协会会员、温州经开区作家协会副主席兼秘书长,供职于温州市公安局。

枫桥吟

耿德迎

我在枫桥等你

在所有的岁月交替
在所有的人生四季
在时光隧道的深处
传递历史与现实交融的特别记忆
那跳跃的歌谣
那红枫的秀枝
那欢腾的小溪
代代陪伴别样的传奇
是那么欢天喜地
是那么与众不同
是那么称心如意
这片和顺的土地上
镌刻着花样的踪迹
让我们再牵一次小手吧
让我们再一次重复重逢吧
燕子燕,飞过天
天门关,飞过山
山头白,飞过麦
麦头摇,飞过桥
桥上打花鼓,桥下摇摇橹

枫桥吟

燕子飞进家
不借地，不借天
不借米，不借盐
只借梁边筑个巢
为你除虫报丰年
枫桥在这个集体的歌谣里
有伤逝有欢喜
有急风有细雨
有一条道啊天黑也要走到底

我在枫桥等你
看到枫源溪里的波光粼粼
看到了那平铺的鱼尾纹
舒展的张力
还有心生欢喜的鱼
看着我逗着我
大方的馈赠我一片情意
这不是一般的鱼
你牵着隋唐的衣袖
枕梦朝夕
这不是一般的溪
是思源思进的溪
在时光的倒映里
在河浜的木槌里
敲醒着时光之钟
彻夜不息
像是油彩的画
更不及这如歌的慢板

这三生注定的邻里
在晨曦里
在田畈里
在老香榧树的荫凉里
有时候也沉入激流的漩涡里
枫溪是流动的
是忘情的
是流光的
是有速度的
这伴唱的律动
只有矛盾不上交的故事
才能去和声
去胶着去拨动心曲
如同山的干系
是同山烧是同一山烧
同一家燃烧
这高度这力度
酒的力气从头到脚慢慢拔高
刚柔相济
那心结的剥离
在心的河床荡开涟漪

我在枫桥等你
这风也会早起
地绿又软
花香四溢
风裹着蜜
每一刻都富有朝气

枫桥吟

打开泛黄的书和出工的包
那定型的情与理
都为今天累积
又为昨天尽瘁洗礼
香榧树的挺立
也为惠风的舞姿
一生只为贡献属于自己的心气
香榧树的人家
对生命有特别的钻研脾气
前思后虑左想右思
如何出力
如何发力
如何做一个清醒的自己
在那百废待兴的年代
如何度过贫瘠
把难题解决在家里
在改革开放的年代
如何和国家稳定想到一起
在这个崭新的时代
如何把名字融进平安中国的旗
从耕读延续的血脉
枫桥人那一份自重自爱自强自立
总能从生活的富矿里
挖掘宝石
抛光出盎然生机
莫说还有更好的方式
能把属于自己的事情办好办齐
如此如此以文彰理

在长条凳上在竹椅上在小方桌上
是心灵互换的道具
还想起破缸而逃的极不争气
成为浪子回头的大义之举
还想起那橡皮碉堡的反动诗句
成为从跪下到坐下的人性演绎
还想起摘掉一顶帽的辽阔意志
成为教育转化改造不以为敌的范例
丈量一下生命的长短
这每一天每一时每一刻
都应该勒石铭记
都膜拜阳明心学的知行合一
烟火笔直了
气就顺了
矛盾就地解决了
烟消云散了
事就化小了
这日子好了
计较也就少了
遥想那上山的担子里
一半挑着喜悦一半挑着辛苦
这天生的智慧和勇气是那么不容易
存留到今
又是崭新的历史和时代鲜红的主题

那行走的形象
那凝固的身影
那静默的语调

枫桥吟

那定格的年轮
仿佛又在这枫桥鲜亮无比
枫是热烈的
枫桥是红色的
一轮朝阳亲吻在这里
承载着阳光的沐浴
又一次再出发是那么义不容辞
那么精神抖擞,一心一意

那红枫党建的队伍
那人民警察的队伍
那红枫义警的队伍
那枫桥大妈的队伍
穿行在枫桥的土地上
还有心甘情愿的感人个体
汇成滚烫的红色铁流
是忠心是爱心是知心是善心
是我用心你放心
都以人民为中心
彩虹成博大的水晶心

有了这座桥
就有了远山
就有了近水
就有了代代相颂的枫桥人
逢山开路
遇水架桥
这古老匠心的创造

纷至沓来
从载歌巷里一路走来
迎向新的世纪

枫桥
以隋代在枫溪上造桥而有名
枫桥
因"枫桥经验"添色祖国山河的壮丽
枫桥
红雨随心，用心创造
枫桥
青山着意，梦绕大地

枫桥女儿心

在那个爱唱歌的年代
妈妈唱的又美又甜
在那个浑身是劲的时光
妈妈顶起了半边天
穿透了千层底
齐耳的短发生动着年轻的脸
那单色的劳动服
衬托俊俏的当年
弯弯的小路
弯弯的扁担
辛苦里穿针引线
用心劲把日子盼
那委婉的灶边

枫桥吟

那斗争的桌前
给枫桥经验贴上了别致的书签

在那个上彩的年代
姐姐也有了红色的衣衫
在那个快如摇滚的时辰
姐姐变成了青年突击队的一员
阳光和歌声
和着香榧的香醇
装扮着五好家庭的光鲜
梳理红火的日子
迎风扑面
给枫桥经验抹上了如霞的烂漫

又过了很多年
长大的孩子
不见扎小辫
一个个的身影
奋斗在如诗的家园
这是枫桥特有的风景线
如同红枫
岁岁娇艳

遥寄那些年
往事并非如烟
妈妈挑担我跟随
姐姐会战我陪伴
妈妈的那些话

姐姐的那朵花
都藏在我的心里面
伴随我一直到永远

旱天雷

经过夜的蛰伏
又在于草叶的集约
这一夜,又连续的夜
就干脆
在久旱的天里引信别雷
真是人工降的雨吗
且是久旱的甘霖
送给饥渴的河床
一个直接的醉
摘掉一顶帽
调动几代人
于是枫源溪
跟风一样的流速
追赶着目的地
枫树兴奋地如同燃烧
如拍痛的小手满掌的红
这惊梦的雷是怎样的扬眉
这非同寻常的季节
在涨潮的眼眶里喜泪如飞
这天幕只有旱天的雷
才会振聋发聩
这光电是生命肌体质的营养

无形的缰
无形的网
一地随想
在雷声中落下有方
网住了狂野的欲望
网开了人性的光芒

枫桥,有一个铁打的经验

在中国版图上
你镶嵌在江南水乡
在历史的烟河中
你跨越半个世纪越发鲜亮
1963 年的一天
一个叫枫桥的地方
名扬大江南北那么豪壮那么反响
伟大领袖毛主席那一声号令
如惊蛰的春雷
从此传遍祖国的四面八方

五十五年的日积月累
堆起长在人们心坎的经验
五十五年的历久弥新
五十五年的持久丈量
像村口的老香榧树一样把香甜守望
你听!你听
风和旗帜一齐在歌唱
歌唱枫桥派出所最美的模样

能装得下日月星斗是当代警察的胸膛
能承受新时代重任那才是合格的形象

每一次出警,你们总是说
只有挑断的扁担
没有压断的臂膀
数以万计警民联系卡上留下你们的指纹和目光
留下你们的热情、负责、智慧和胆量
在枫桥的幸福生活中
没有防盗窗
没有堡笼安装
辖区发案率居全国最低以下
让纷扰的音符奏出和谐的乐章

枫桥经验,一个铁打的经验
好像脚下的路
坚定地走着群众路线
派出所连着千家万户
警徽一闪照映着心底的柔软
走!去问问厂矿企业,去问问机关学校
去叩问那一棵千年香榧树
派出所的干警们是怎样把工作开创
走!去问问何可玲大姐,去问问俞洪鲍兄弟
问问村头那座默默的小桥
是哪个走乡串户把桥面磨亮

汗水洒下,55年青春接力的脸庞
发黄的照片,变换着代代的警装

枫桥吟

几十人的团队站得很直很直
那是因为是灵魂里早已打下信念的桩
面对诱惑
有人想让身板摇一摇、晃一晃
枫桥有经验的理想追求
经验有枫桥的意志如钢
即便是老同学的不满
亲人朋友的不解
脸面可以撕开
私情可以流泪
接处警、处理案件、调解纠纷都不能留下一丁点创伤
因为我是枫桥派出所一名人民警察
这里不仅仅是一个所,更是一个岗

而今枫桥所美名传扬
鲜花、荣誉、闪光的奖章
民警们很平静,平静得像古老的香榧树
守望着温暖的时光
以无言的微笑扛起肩头的重量
他知道时间流水在录像
他知道自己只是一个枫桥接力棒
他居于平安浙江
他永远奋斗在人民治安的大道上
枫桥,一个铁打的经验
是公安政法战线一面永远飘扬的旗
是警民心连心、同呼吸、共命运鱼水情缘的宝典
今天将涌现出无数个枫桥式派出所
使浙江成为全国经济发展的热土

社会治安的绿洲
立下了汗马功劳
一个团队就是一道亮丽的风尚
整个经验就是一座灿烂的虹桥
请相信我们的警队
一定会在生命的彩虹上加速奔跑

我们的事业因为你而辉煌
我们的明天因为我们而自豪

耿德迎,江苏徐州人,居杭州。词作家,中国音乐家协会会员、浙江公安文联副秘书长,供职于浙江省公安厅。

我用心,是为了您放心(叙事诗)
——枫桥见闻录

郑天枝

引言

在春风送暖的温馨里
来到枫桥,用心感受着祥和
用双脚丈量复苏的万物
触摸赤子的情怀
传递美好真诚善良
枫桥的每一寸土地
都会向来到这里的每一个人
讲述那些平凡的坚守
那些感人的故事
就如此时拂面的清风
赞美,也如涓涓细流
那一抹温情让我感动
在枫桥的大地上
充满着诗意和希望,这是
一首生长在老百姓心坎里的歌
原野上蓬勃旺盛的坐标
是一道绚丽的彩虹
除了仰望,信念和责任

此刻被赋予新的血液
心与心紧握,因为爱所以选择奉献……

最暖的贴心人
——全国优秀人民警察孙法均速写

"孙法均走到哪个村
哪个村的狗都不叫了"
这是老百姓给予孙法均的最高褒奖
我不知这样的说法可不可以
和他荣获"全国优秀人民警察"的称号相提并论
孙法均,枫桥派出所副所长
从警十五年一直在最基层
与老百姓打成一片
被老百姓当做最暖的贴心人
他用双脚丈量民情
俯下身子,将心比心
他首先打开自己的心扉
用真诚赢得群众的信任
心与心的交流才能产生回流
涓涓细流汇入大海
才能波澜壮阔惊涛拍岸

一位老大娘
为孙法均点燃感谢的爆竹
那是因为孙法均不辞辛苦为她"正名"
多年前的粗心
姓孙的她被改姓了"沈"

户籍本上白纸黑字
几十年过去
她由小媳妇变成了祖母
那个错误却一直没有得到纠正
孙法均接手这个社区
走家串户中得知大娘的诉求
孙法均急大娘所急
马不停蹄,急事急办
当大娘接过"正名"后的户口本
泪水模糊了双眼
将户口本紧紧地贴在胸口

她是一名来自外乡的少妇
在枫桥这块热土创业
因为户口,已到读书年龄的儿子
却只能在校园外徘徊
她向孙法均求助
她在微信上发感谢信
感谢孙法均帮她"跑腿"
帮助她解决了儿子读书的大难题
微信上她和儿子在校门口的合影
是那样的快乐和满足

他是一名残疾人
因为行动不便造成残疾证过期
致使该享受的福利无法兑现
孙法均得知后
立即接过这个分外的活

多方协调,忙前忙后
他用真诚打开了关闭的大门
他用真情舒展了残疾人紧锁的眉头

在孙法均心中
始终有一种坚守与担当
群众的利益无小事
为民排忧解难理所当然
春风化雨,雪中送炭
孙法均心中装着一杆秤
民意为天,躬身前行
"责任在肩重千钧"
在光明与黑暗之间
他用心用情守护着百姓的安宁
那是一盏灯,一盏
为百姓的安危日夜不熄的灯
风雨无阻,无怨无悔
为了心中神圣的信仰
孙法均手握一把万能的钥匙
去打开一把把生锈的锁
给人希望,给人前行的力量……

红枫义警

——枫桥镇上最靓丽的一道"枫警"

岁月可以使旧貌变新颜
正如"枫桥经验"的历久弥新
在枫桥这块美丽的大地上

群防群治的探索如雨后春笋
传承与创新齐头并肩
他们始终目标一致
为了创建平安和谐家园
齐心协力,不辞劳苦
甘做维护社会安稳的螺丝钉

"红枫义警"是一支维稳的轻骑兵
红在枫桥,义在民间
敢于担当,乐于奉献
他们是社区民警的好帮手
他们都有一颗火热的心肠
他们来自群众更了解群众心声
他们设身处地为群众排忧解难
他们把群众当亲人
他们怀揣着梦想和抱负
他们是一群可敬可爱的人

如今,在枫桥
"红枫义警"家喻户晓
他们一路巡防
一路嘘寒问暖
一路睁大警惕的眼睛
他们用实际行动感召人
日益壮大的队伍
形成了凝聚力向心力
不求回报,风雨无阻

这是什么样的情怀
支撑他们勇往直前
因为他们深深爱恋着这方热土
"红枫义警"流动的红旗
枫桥镇上最靓丽的一道"枫警"……

杨光照
——枫桥经验的"代言人"

说到"枫桥经验"
枫桥派出所退休民警杨光照
是一个绕不过去的闪亮"标牌"
是一面永不褪色的旗帜
几十年如一日
他将自己的一腔热血
将自己的全部爱恋
都毫无保留地献给养育他的土地
在老百姓的心中,杨光照
已成为枫桥经验的"代言人"

十八年军营生涯
一颗红心永向党
杨光照恪尽职守
屡立战功,红星闪闪
脱下军装穿上警服
杨光照在派出所一干就是二十多年
一顶草帽,一只公文包
一辆破旧的自行车

一件随时携带的雨衣
成了杨光照的"标配"
他用心走在辖区的每一条小道上
他用笑脸叩开一扇扇门
他用真情播撒爱的阳光雨露
滋润和谐的花朵茁壮成长
"浙江省优秀共产党员"
"浙江省人民满意'十大杰出民警'"
"全国优秀人民警察"……
这些沉甸甸的荣誉
是他用汗水和心血凝结的果实
是时间赠予的最好的奖赏

退休后的杨光照
依旧穿着警服
只是没有了警衔标志
但是国徽和盾牌
一直在他的心中矗立
警服，是他的爱的延伸
穿上警服就意味着奉献和责任
"老杨调解中心"诞生了
退休后的杨光照以此为家
"访千家万户
说千言万语
吃千辛万苦
想千方百计"
这是他提出的调解方针
更是他一颗为民的拳拳之心的写照

杨光照，一个
被阳光照耀的人
怀揣着温暖的阳光
化作烛火点亮夜空
爱我所爱，随风入夜
他是一只春蚕
默默吐丝，只为
织就一张平安大网
护卫故乡的祥和安宁
让乡亲们的梦更加香甜
他的脚步，始终
穿行在枫桥这片热土上
老骥伏枥，他坚实的脚步
传递的是一颗金子般的赤子之心……

不是尾声

历史的车轮滚滚向前
"枫桥经验"这朵花常开常欣
日新月异，弹指一挥间
五十五年过去
风尘仆仆，枫桥经验
始终是一面硕大无比的镜子
伟人的题词，至今
依旧闪烁着智慧的光芒
指引我们向前永不迷航
十五年前，习近平
赋予枫桥经验崭新的内涵

新的篇章需要新的思想引领
我们昂首阔步走进新时代
我们豪情满怀开创美好的未来

爱是无声的溪流
没有什么能比奉献更接近幸福
伸出你的手
献出我的爱
民意大如天，民情
一个被渐渐擦亮的词语
如同我们头顶的北斗
枫桥经验，是风向标，是指南针
在这个美好的年代
让我们找准最佳的位置
歌唱伟大的时代
在伟大的时代放飞最美的梦想……

郑天枝，中国作家协会会员、中国报告文学学会会员、湖州市公安文联副主席兼市公安作家协会主席、湖州市警察协会秘书长。

诗意枫桥
艾 璞

枫桥的油菜结果了

一些经验,我可以通过观察、走访感知
比如阳光下,我们散步在田野边
结果的油菜花,绿得有些晃眼
雨后的大片油菜地,清新如洗

我想象油菜的开花,蜜蜂的辛勤劳作
及时的雨露,恰到的阳光,和煦的空气
蜜蜂生命光华在太阳下显得多么微不足道
我感觉到不语的力量,那是蜜蜂对花朵的倾诉
蕴蓄的能量,一粒一粒的阳光,是劳动的蜜糖

开花,是用结果来标志的
风的自由,是思考的自由
我赞美真实的含义,坚持的价值
收割太阳的光芒
自由祥和的天空下
我们舞蹈、劳作

我看到太阳的崇高、神圣
田野上飘过纯粹的泥香
脚步丈量汗水的倒影
登上金黄的高峰

纷纷扬扬的日子里
散步在乡间的小路上
这是生活不可缺少的一部分
也是我热爱生活的大部分缘由

门庭论煮茶

暨阳城的夜晚,平安、祥和、温馨
诗人们在浙江十佳文化茶馆——门庭茶事里煮茶
不管是百年的普洱,还是新上市的白茶
茶香,永远是灵感的前奏

诗人,如馥郁的茶树
散发清香,论古道今
把所有的经验压缩成一块茶饼
然后在沸腾的水中开放一朵朵花

经验也是历史,常在故纸堆里活过来
有时也装进龙泉青瓷中,和茶叶为伴
经验的灵魂,在一番试验后
被打造成一坛老酒
汗水是浦阳江水
接地气是技巧
解决问题是关键
然后酝酿、发酵,弥久后
开坛,芳香四溢越香

经验被茶水冲刷
回味无穷
常常刺激我们的灵感
喝茶品酒,不忘初心

重回枫桥

缺钙的我是咀嚼着冠军香榧来到枫桥取经
15 年前我不缺钙,在枫桥蹲点 10 天汲取营养
枫桥在我人生的路上,是指路标、导向渠
能否取到真经取决于内心的虔诚
心的涟漪敌过浣纱女的烂漫和坚持

我想起那年我拄着拐杖来诸暨采访
火场英雄田思嘉,再一次刺激了我的神经
我的左脚如拔节的莲花,隐隐作痛
重回枫桥,青石板亲吻安慰我的双脚

手牵手,搭起来的桥,是枫桥
手帮手,掏出来的心,是连心桥
每一个春天,都是春风布满的花香
光芒来自手掌助人的快乐
老杨调解中心、红枫义警工作站
枫源村"三上三下"民主自治……

在枫桥,我会老友,识新朋
杨光照、孙法均、黄彬炳、陈荣周、枫桥大妈……
他们守护着枫桥的平安和谐,脸上写满着大爱

他们走在这一条自信的星光大道上
他们的底气来自人民的信任,闪耀法律的光辉
他们一个个名字背后的故事,阅读后如沐浴三月春风
我钦佩的目光无法抵达他们的高度,只能追寻他们的背影

枫桥的山峰,站立着一群走在前列的标兵
蜿蜒的枫溪清澈见底,不藏任何污垢
现代化高楼在水中摇晃着
真不如乡村的红砖片瓦亲民

漫步在浦阳江边,我的目光穿过浣纱女雕像
没入水中,牙齿长生出一种思想
我已爱上并深深地恋上了枫桥
一如我初恋的心情且不能自拔

艾璞,福建莆田人。浙江省作家协会会员、省散文学会理事、省公安作家协会副主席,鲁迅文学院第二期公安作家研修班学员,浙江警察学院客座教授,供职于浙江省公安厅。

枫桥怀想

王 雨

枫桥记忆

在黑暗的大地等待春雷的鸣响
古朴的根,扎进心底。那个春天
帷幕下鲜花遍地
血脉里
金色的年轮一圈又一圈

枫树的记忆,只有这方泥土听懂
是泉水从惊蛰里流淌
是旷野在寂寥的秋天守望
是一棵绿色
借年年春风
绿了疆野无边

绿色的华盖
等待你的目光、双手与春泥
抽芽展叶
无数个晨昏寒暑
以枫溪江的水为墨
徐徐画卷
在枫桥的歌声里

爷爷的枫桥

小时候我的名字
叫"四类分子"的孙子
爷爷如霜打过的庄稼
像要倒下
又倔犟地挺直身体

爷爷枯藤般颤抖的手
打开我被公安院校录用的通知书时
一动不动
"枫桥好啊！枫桥好！"
低沉的声音
却清晰清澈

那张公安局的平反通知书
四十多年如一日
从旧房到新家
静静地躺在那个空了的香榧盒中
奶奶说
它不能一起入土
它不是传家宝
它是希望的明灯

王雨，吉林农安人。绍兴市公安文联理事，供职于诸暨市公安局。

我自枫桥来

傅　顺

当三月的雨湿了刘海，她来到这里
肩上的一拐显示出年轻
露耳齐眉的短发下是好奇的大眼睛
每一双与她交汇的眼
都露出了善意温暖的笑

往来枫桥的大街小巷
穿梭田埂渔家乡野间
很快，她爱上了这里
她说，这里有一份古典的诗意
将藏蓝融入昼夜
稚嫩如她一步步夯实脚印

那夜，月格外皎洁
清风从镂空雕花的窗吹进来
许给她一个55年前的梦
在枫溪江水的低吟浅唱中
她看到林乎加同志坐望明月的背影
梦醒时分，手中多了一卷无名的空白信笺

翌日清晨，埋头于史书
执著寻找那"空白的答案"

那个声音忽远忽近
于光与影的阑珊处
于历史与现实的博弈间
骤然瞥见,那亲切的笑颜
在纸上欣然写下
"此件看过,很好"的壮丽诗篇

枫溪江畔
是谁的歌声婉转
演一幅"清气满乾坤"的画卷

她忆起年少
心中那个穿警服的英雄
没想到长大后,她便成了他

曾在警徽下庄严宣誓
曾出征安保赴祖国之南
异地他乡,她挂念故乡的警察

有南方人的温柔善良
不好武力,擅长明理
有一颗牵挂百姓火热的心
为民奔波,往返不息

她看到他,走遍村庄的角角落落
她想那墙根的青苔都会记住
他对这片土地的深情

她看到他,青春全部燃烧在这里
点亮了一片片祥和的楼宇
在一杯茶的间刻,他笑着告诉她
"累"只是一种心情变化,身体是不会累的
她想,或许她也懂这份热爱

她看到他朝五晚九,时光漂白了他的发
仍为每一场调解,尽己所能
春日同过一片樱花林
他说,好好的粮田种这些花草
名誉加身却不改农民质朴本色
那一刻,她的眼被春风暖到湿润

她看到她,最美好的年华都扎根在这里
总笑容可掬,迎四方来宾
三次翻新的"枫桥经验"史迹馆
改了又改的讲解稿,却从未改初心

霞辉把平和笼进大地
飞旋跳跃,篮球落入她的眼
从警服到球衣
化为诠释"无兄弟,不篮球"的朝气少年
他们团结拼搏,奋斗不止

有飞鸟掠过
这是一支勇敢协作的雁群

衔着和平的橄榄枝
守护枫景

傅顺,浙江诸暨人。枫桥派出所浙江警察学院实习生。

枫桥经验一字史

沈秋伟

序：越绝书之纯钧剑

那时，发出深邃光芒的
是勾践钟爱的纯钧剑

品剑大师薛烛从剑光里看到
赤堇山破而流出的锡
耶江水涸而露出的铜
欧冶子取之铸磨十个年头
终让天地惊、鬼神泣
闪耀在於越上空的剑光
在日月星辰间傲视天下万物

越绝书，从夏禹开始的史诗
吴越争霸时剧情达到高潮
弱者与强者的角色互换
山河演绎惊心动魄的斗换星移

在地球公转二千四百多圈后
剧情再一次达到新的高潮
蒋先生退缩进芒果岛自保
神州换了人民共和国的番号

毛先生亮出了崭新的纯钧剑
上面闪亮着人性的璀璨光芒
那可是共产党这位铸剑师
用了二十八年的时光锻造
这一幕惊动了整个宇宙
星星纷纷瞪大了好奇的眼睛

而此时，世上再无薛烛
人民才是唯一的品剑师
这位怀揣梦想的赤县诗人说
我们决不做李闯王
要恭敬面对江山
多多向人民讨教良方
一起来治愈山河的创伤

源：PPT从头开始

这是一份精心制作的PPT
用画面演绎一部传奇
想让枫桥经验这个剧本
在世人面前完整呈现

逆历史的水流而上
翻过《矛盾论》《实践论》的理论群山
理清十大关系的深奥逻辑
我要去追寻这传奇的源头

许多年前,一位来自湘江的青年
一手拿着清末年间的黄历
一手拿着《共产党宣言》
在指点江山中疼惜着江山
他在心中构思自己的四书五经

许多年前,在延安窑洞
他与黄炎培一起推演历史周期律
有了一个惊世的发现——
我们可以,而且一定能够
让人民起来监督
让人民当家作主
打破这循环不息的魔咒

发现这一点之后
他兴奋地走出黄土高坡
掸了掸身上的尘土
来到了北平城
天安门城楼响起了湘音——
雄鸡…一唱…天下白

乾:领袖的一帖良方

开国领袖的目光
是一只思想的巡鸟
在共和国上空盘旋
政党的理想与其领袖的胸膛
装得下整个寰宇
也足以装下千古恩怨

但江山内部隐藏着许多伤情
旧伤未愈新伤不断的祖国
如何能快快弥合群山的骨裂
迅速修复万川奔流的嗓音
必须开出一方新的中药
医治腰酸背痛的山河

开国领袖的目光
巡检过共和国的全部江山
他在搜寻扁鹊的后裔
查找李时珍留下的秘方
终于在枫桥看到了夺目的篇章

越中枫桥，於越古都
在纷争与怨怼的世界
为共和国研制出一剂良方
方子的名字叫枫桥经验
群众路线是它的君药
说服教育是它的臣药
调查研究是它的佐药
评审脱帽是它的使药
但不管气象如何变迁
无论病情轻重安危
人性温情是它唯一的药引子

坤：枫溪村陈友堂

这会儿，让我们从乾的高空
向坤的低处行注目礼吧

刚脱掉长工帽子的陈友堂
对着孤儿陈亚芳笑
陈亚芳便成了他的妻子
他向新世界投射出温良的目光
整个世界就成了他的亲人

这位出产于泥土的支书
与枫溪村的每一棵作物天然亲近
他知道戴着帽子不舒服
他要丢掉冤冤相报的规则
向旧世界的生灵投去稀有的关怀

他允许落魄的敌人争辩
用温情洗涤村里的每一颗旧灵魂
让旧县长设计村里发展的蓝图
为四类分子的后代开辟政治前程
给四类分子脱掉头上的旧帽子

他呼吸着新中国的空气
用一生的博大与磊落向世界昭示
一位基层共产党人的胸怀
装得下人类的全部恩怨

巽：工作队的书生

1963年，我还在混沌世界
他已经是工作队里的小秀才

在那场攻克橡皮碉堡的著名战役中
立下过汗马功劳
他文字里卷起的风在乾坤间回转

他用笔征战
笔中的子弹是爱与同情
他反复磨炼的战术是以理服人

他是国家机器的一个小小部件
如果省委书记处书记是机床
如果省厅副厅长是马达
他不过是马达中的小小线圈

但共产党的磁场
就在这个线圈中回荡成风
风穿透了容膝斋的迷思
让大地主交出了变天账
一场战役终于取得全胜

见到他是在55年后的春天
在他面前，我不过一介小小书生
面对面听他讲枫桥传奇
我突然感到，两点一线
我与他串起的历史不长
但向后可追溯，向前可延伸
隐约可串起一部枫桥经验的史诗

兑：文脉枫桥

这里的山川可以分行入诗
所有的韵脚都用温婉的越音
动人的句子写也写不完
我用倒叙来勾勒风光

写到明清之交的时间关隘
陈老莲的画风吹至今日而不减劲道
写到元明之交的历史天空
王元章的墨梅香满江南
杨廉夫的铁笛吹醉整个文坛

再写到唐衢宋塔
诗句又拐过了隋代枫桥
可以在鹅鼻山燕子岩头
读到李斯碑上秦始皇的政治宣言

再写就要写到西施的美
写到吴越的征战
写到越绝书中那一大段春秋
我平庸的小诗就这样
因枫桥而得以返回诗经

这儿适于美学筑巢
也适于孵化温情的政治
待长出一对翅膀
就可飞向九州十国

震：三道警戒线

一位老人在南海边画了一个圈
他向圈里注入了胆量与勇气
中国的山河开始了新的沸腾
枫桥的工业骑上了时代骏马
步森、开尔、海魄让衣香满街
斯风酒散发出文化的醇厚
金银脆响让衣食富足
也诱发龃龉和纷争游走城乡

一天，壮年王水芳站在枫溪江畔
像一位再世的先知
目光穿透了紫薇山的雾岚
用他浓重的越音发出一道神谕——
要戴致富帽，先戴安全帽
于是，大家一齐动手
在田间村口，在街市店铺
拉起了三条警戒线

第一条叫小事不出村
王水芳们举起手中小宪法
消弭左邻右舍的一切口舌
精心保卫着祖传的禾香

第二条叫大事不出镇
全镇织造四前工作法

一群拆解矛盾的巧工匠
练就了春风化雨的神功

第三条叫矛盾不上交
以道德为经线
以法律为纬线
精心编织好一张全域安全网

这是一场保卫春天的行动
在新世纪迷人的门口
枫桥再次抬起文化自信的头颅
它的致富梦在酒香衣香里穿过
而它的平安梦在书香中绵延

离：之江开吉相

当新世纪的大门徐徐打开
之江来了新的领航员
钱塘江口的潮水更加澎湃
继东方日出之后
一部之江史开始书写新辉煌

穿过历史的惊涛骇浪
他驾着思想的红船来到枫桥
在枫溪江源头靠了靠岸
他触摸到四十年前的政治心跳
一网收尽历史的风云
他仔细研磨思想的原矿

提炼出纯金的句子——
不忘初心……

月晕知风,初润知雨
他梭巡浙山浙水
知道小康的劲风即将吹来
他要为浙江量身定制出港码头
好让平安梦从这里顺利启航
好让浙江百姓乘上复兴号游轮

十五载春秋留下许多故事
当平安中国的品牌向世界绽放光芒
我在杭州遇到一个摄制组
他们走进枫桥老杨调解中心
用磁性十足的京腔
与古朴的越音发生奇妙反应
他们观摩老杨的拿手好戏
精心拍摄人性的柔软
如何消解矛盾的坚硬

他们去了舟山
在咸涩的海风中
品味海上老娘舅微笑的力量
他们走进浙山浙水
仔细追踪历史的足迹
庄严地记录一个伟大的传奇
用的是崭新的标题——
人民的平安

真：红枫义警是一条富矿脉

在枫桥，惊现一座巨大的金矿
这座金矿的名字叫人民力量
它矿脉纵横，品位很高
超过南非，也超过招远
红枫义警是其中的一条

这条矿脉脱胎于某次热液的涌动
在新时代枫桥经验这场地壳运动中
一种叫群众的元素浓度渐高
与一种叫平安的元素起了化学反应
这场聚矿运动就发生在丁酉之夏
这条金矿脉开始在平安梦中蜿蜒

这是一场警务平民化的裂变
陈荣周和他的伙伴们
迅速聚合成平安枫桥新警力
每发现一个治安寒症
总有一种祛病的热液迅速抵达
在恰到好处的节点上与人民警察汇合

红枫义警，人间大爱酝酿已久
点点滴滴热情似火的故事
在枫溪江两岸百姓心中传颂
一股信念是金的力量
正从平安枫桥向平安中国蔓延

善：三上三下

这是一场小小的乡土实验
枫源村骆根土率领的这个团队
学名叫现代农民
他们精心研制村规民约
设计了一款新的播种机
品牌叫"三上三下"
墙缝里长出了许多民主的坯芽

这是一场可以载入史册的实验
村民从差序格局的螺旋中走了出来
带着泥土的芬芳
与十九世纪的托克维尔不期而遇
理性的光芒与人文的热情汇合
政党的理想与生命的体验交融

这是一场超越历史的实验
实验的结果用下列公式表达——
泥土的尊严不低于宝石
山野的尊荣与庙堂比肩

骆根土站在时间的村级制高点上
向大众解读村民代表大会的权威
向学者解读村规民约的法律意蕴
我在台下听他讲道
幡然醒悟，回眸发现

蜜一样的生活
已在枫溪江汩汩流淌

爱：一名资深警官的枫桥情

爱，是稀有元素
它孤悬于寂寞的宇宙
也时常游走人间
它吹到哪里
哪里就是生命的绿洲

一名资深警官发现
在枫桥，它的浓度高于周边
枫桥经验其实是爱的经验
他痴迷于对这现象的研究
致力于元素提纯工作
用它来营养枫桥经验这棵绿植
并一路带着它的种子走遍四方

时间在流转
在某个时间节点
不经意的一个华丽转身
让他重返久别的枫桥
他要用一生的爱来反哺枫桥
以及小城周边的田野

他为枫桥写下新歌词——
矛盾不上交，用爱来消化

平安不出事,用爱来护卫
服务不缺位,用爱来兑现

他请来作曲家
用美串起枫桥的山水旋律
让枫桥的一草一木听了都动情
他让枫桥的千年传奇
与现代生活完美嫁接
让家家户户结满小康的果子
让锦绣的人生从这里出发
合着爱的节拍
走向海角与天涯

跋:乡愁枫桥

这不是他乡
是我前世神秘的故乡
行吟的旅人在此放牧心灵
枫溪江畔,温热的诗句俯拾即是
小天竺里,如烟的乡愁氤氲缭绕

我来这里追寻精神的乡愁
枫桥经验这枚神奇火种
引我穿越人性的盲区
抵达人文思想的奇峰
看吧,西畴大队的橡皮碉堡
被人性的岩浆融化

钟瑛村水缸罩着的迷途羔羊
被乡间的稻香唤回了魂灵

穿过迷蒙的岁月
去追溯温润的故乡
我听到黄檀溪与白水溪交换着意见
水声编织着民主协商的风景

循着九里山耕读传家的书香
走进正义与秩序的诗行
在墨梅白梅的格律里
解读出警务为民的密码

这不是他乡
是我来生浩荡的故乡
让新月作证、春风作保
我愿做一名红枫映照的邻家警察
用脚步踩响平安的节律
我愿修炼全部余生
去铺陈爱的万古乡愁
续写远方心灵家园的风光

沈秋伟,浙江湖州人。诗人,中国公安文联诗歌分会副会长(副主席),供职于浙江省公安厅。

平安之城
——写在枫桥经验 55 周年之际
诸暨市公安局政治处

改造，是个生硬的词
只是你 1963 年的落笔，却写得柔肠百结、春风十里
以人民的名义，说一个道理
感动那辆南行的列车，伟人的狂草字字千斤
从此你以枫桥命名
走出广域的藩篱，走进人的心底
以对土壤的虔诚
扩散、扎根、追寻

摘帽，有着故纸堆的味道
时针转过十年，有的人老了，而你却在履新
你走在人潮的脊线阅读善恶，将黑白分辨
一方热土一方人，你的心心念念
对敌和对民、修枝与祛病
摘掉的帽子、感动的血脉
你说，身体可以终老
心却要永远向着春天

综治，其实就是你的双手合十、双臂环抱
以燃烧岁月的虔诚，在群众疆土上执着吟唱
小事不出村、大事不出镇、矛盾不上交

基层之心、典范之名
循着平安的暗示
我们用脚步丈量、用灵魂对话、用微笑告别
出没于七月的正午与隆冬冷夜
以疲倦和艰难，磨练心性也收获民心

和美，是你梦想的起点
你接近人世的炊烟，亲切的味道随时可闻
桑树梨花、鸡鸣犬吠，缝入密密麻麻的人心
老杨调解的低语回响
红枫义警的步履悠扬
枫桥警务的砖瓦铿锵
你用共建共治提供一种治村的可能
于桅顶的顺风找到灯塔的星光

五十五，是年轮的名字
你藏青色的行轨中，鲜亮的红色欢悦
此去经年，祥和的街巷鼾声如常
不眠的城市，不休的行进
我，还有那些坚持的背影
选择在同一个春天起誓
穷我一生心力，建一座城池
让生长于斯的人们，安然其上

第三辑 诗词歌赋

七排·枫桥经验

枰羊老祖

发动人民政法明，
基层解惑功勋计。
先逢肃反获光荣，
后历繁荣收美丽。
重锁荒芜狱警萌，
轻规茂盛乌云霁。
能帮一世不回城，
可助三邻难选弟。
返朴归真纪律清，
熔多捕少章程细。
标杆树立确当行，
榜样优良实必济。
致富脱贫南北擎，
男欢女喜东西系。
和谐稳定五湖赢，
赞赏枫桥经验厉。

枰羊老祖，本名曲连坤，福建福清人。

沁园春 · 枫桥
马伯成

重镇枫桥,
雄踞千年,
誉满九州。
念紫薇拱照,
北辰灿烂,
地灵人杰,
古越风流。
王冕梅魂,
老莲荷韵,
铁笛凭风万卷楼。
烽烟里,
总理声嘹亮,
敌忾同仇!

枫江清水深流,
得经验,
平安五十秋。
恰青山满眼,
粉墙鳞次。
花开小院,
岸立沙鸥。
朝播书声,
晚收红霞。

惬意乡村美景悠。
春光好,
走进新时代,
勇立潮头!

马伯成,浙江诸暨人。中学教师,中国散文学会会员。

沁园春·枫桥
——和马伯成老师

张锦敏

江南枫桥，
於越古都，
史承千秋。
望紫薇山麓，
巍峨屹立，
元祐古塔，
沐风昂头。
隋桥古朴，
红枫漫岸，
永宁江水越中悠。
穿时空，
听理学声琅，
诵传不休。

枫桥山清水秀，
育综治，
经验传神州。
看三贤故里，
孝义熏陶。
化解矛盾，
为民排忧。
社区警务，

沁园春·枫桥

邻里守望,
共建平安新绿洲。
逐新梦,
踏上新征程,
百舸争流!

张锦敏,浙江诸暨人。长期致力于"枫桥经验"调查研究,供职于诸暨市公安局。

鹧鸪天
寿晟亘

十访十清底数明,
平安议事水鱼情。
红枫义警名扬外,
中心服务一次成。

勤调解,
法先行。
乡贤反哺护安宁。
三贤故里今犹在,
十里梅香万户萦。

寿晟亘,浙江诸暨人。诗词爱好者,供职于诸暨市公安局。

枫桥诗词

贾天来

鹧鸪天·枫桥经验赞

机器庞宏零件多,
螺丝拧紧抗衰磨。
全机共唱平安曲,
部件同鸣普法歌。

推典范,
化刀戈,
春风吹暖百花坡。
民情在手潮头立,
筑梦平安破万魔。

浪淘沙·枫桥美丽乡村建设一瞥

乡镇卷春潮,
特色波涛。
创新传统令人骄。
孝义路边风貌变,
耕读旌旄。
汗水圃园浇,
文化翔翱。
乡愁留住旧山坳。

溪上枫桥婉转处,
别有妖娆!

七绝·枫桥乡贤王冕画梅咏

密叶繁枝入画来,
牧童塘畔启灵台。
倘浇三点农田水,
定使梅花画外开。

贾天来,内蒙丰镇人。
中华诗词学会会员。

枫桥歌

吕　远

想带你探访小天竺的庭院
想带你看紫薇山上星斗满天
想和你在枫溪江畔烹茶煮酒
说不完的风雅故事和三贤
热血的乡土，静美的山川
多少英雄豪杰留下诗篇
啊……枫桥，往事千年

你喜欢枫林路的红叶似火
我喜欢荷塘月色清香如幻
总会遇见一张张热心的笑脸
忘不了的干戈玉帛再团圆
热血的乡土，不朽的经验
多少平凡人们成就经典
啊……枫桥，生世平安

愿岁月雕琢你的美丽
愿时光书写你的传奇
愿明天就是你梦想的家园
啊……我们的，我们的枫桥

吕远，浙江新昌人。诗歌诗词爱好者，供职于新昌县公安局。

枫桥歌词

耿德迎

村口的老香榧树

从这里走
从这里归
风风雨雨，雁飞雁回
老香榧树啊老香榧树
你陪伴多少挑灯的夜
你送往多少赶路的人

从这里跟
从这里随
年年岁岁，相依相偎
老香榧树啊老香榧树
你牵过多少难舍的手
你听过多少话贴心
啊！老香榧树
枝繁叶吐翠
硕果重秋色
老香榧树
越老越苍劲
大地遍芳菲

枫桥经验更壮美

一代又一代的亲近
天道酬勤日月新
矛盾不上交
平安不出事
服务不缺位
温暖的话儿多么像春雷

一辈又一辈的匠心
热血凝成水晶心
百姓要和美
乡村要和顺
社会要和谐
壮阔的路上梦想在高飞
一程又一程的奋进
脚印坚实勤耕耘
担当有为颂古今
枫桥经验更壮美

家住枫桥边

小溪绕青山
山涧出清泉
一路欢笑到田园
荷塘近窗前
乡韵漫桥边
水唱送花谣

桨声月照浅
春风又把枫桥牵

家住枫桥边
景象入画卷
这里的故事多久远
日子就有多香甜

耿德迎，江苏徐州人，居杭州。词作家，中国音乐家协会会员、浙江公安文联副秘书长，供职于浙江省公安厅。

爱满枫桥

欣金年

你可知道有一座美丽小镇,
江南那一头,
梅林飘墨香,
枫溪唱乡愁。
台门深深锁风雨,
耕读几度秋,
枫桥岁月酿成的一壶酒,
情深深思悠悠,
怎么也喝不够。
爱满枫桥,
花开幸福千年守候,
平安岁月伴你永久。
爱满枫桥和美家园,
有你更锦绣,
人间大爱与你相依相守。

你可知道有一个美丽梦想,
在这里成就,
冷暖与安危,
都在百姓心里头。
大事小事不出村镇,
平安写春秋,
枫桥乡音汇成了一首歌,

爱绵绵意柔柔,
怎么也唱不够。
爱满枫桥,
花开幸福千年守候,
平安岁月伴你永久。
爱满枫桥和美家园,
有你更锦绣,
人间大爱与你相依相守。

欣金年,是浙江绍兴地方"新经验"的谐音。此歌词由省市县三级联合蹲点调研组集体创作。

枫桥赋

陈佐天

　　老莲故里，於越古都。东接绍兴兰亭，西邻苎萝浣浦。山川灵秀，多有胜迹；人文卓著，蔚为名区。四千年风流，星海星榆，震今铄古；三万里声誉，春风春路，远悦近趋。画图开锦绣，传奇亮史书。溯秦碑隋桥，香留古韵；唐衢宋塔，事引国儒。看泉塘藏龙，文章惊湖海；九里结庐，诗画傲紫朱。光裕留堂，万卷百世千古；刻石有碑，一统四海五湖……叹瑰宝，引翘楚，稼轩陆游留踪，朱熹徐渭常顾。古镇一帘幽梦，新城三市通途。地秀钟灵，四方垂青眼；人谋增辉，八面开蓝图。

　　妙哉！赏天耸群峰，地冠八府。乌笪雄浑端庄，巍然齐南斗；铁崖高拔嶙岣，卓尔立东隅。西有白茅，流连云霞；北有梯山，安守门户。又钟瑛并峙，凤凰展翅，赏心悦目，藏龙卧虎。梓坞山仙境清幽，响洞岩仙乐舒徐。干溪梅园十里诗，乐山石峡千秋赋。河流有三江，曰枫溪栎江孝泉，香流千古；物产盈三市，有香榧板栗青梅，名传四宇。北宋建置枫桥镇，商贸勃兴；南宋设有义安县，名实相符。不愧鱼米之乡，诸侯之都。

　　喜诗礼传家，孝义留名。枫桥有人物，史书多誉声。秀才诗杰，如三月繁花，处处缤纷；黉门书楼，似四合群峰，代代晶莹。陈老莲一代画宗，天纵神授；杨铁崖绝世风骚，凤鬻龙腾。王山农九州狂士，梅香梅韵；骆问礼一生耿介，危言危行。陈遹声千篇雄文，苏潮韩海；骆象贤一代文魁，义举汗青。杨文修浙东大孝，佛子朱子颉颃；郑天鹏明代俊杰，诗道书道精诚。丁祥一，王汝锡，一孝一义，以褒以旌。又诸如陈寿陈国，懋櫧懋楝，东皋步南，懋杞卫城，叔夜耐安，月泉春林，陈道蕴徐昭华，杨方塘陈布政，凡此等等，名士如林。群星耀璀璨，孤诣响雷霆。

  盛矣哉！看名胜星罗棋布，文史金声玉振。周恩来大庙演讲，声情并茂；海忠介石窟题词，师徒忠贞。段祺瑞宁远遗墨，果然光风霁月；宋孝宗太廉赐对，史传贤相忠臣。乌笪鞠躬尽瘁，志书记述；杨俨义勇舍身，庙宇贴金。丈夫石，新妇石，巍然天物；楼孝子，丁孝子，垂范人伦。白云庵，石灵庵，庵有掌故；五显桥，彩仙桥，桥记贤人。更民风淳美，乡俗温馨。大庙台阁，久誉浙东；普设庙会，广聚乡邻。轿灯擂马，流光溢彩；锣鼓仪仗，悦目赏心。十番鼓亭声细细，三弦琵琶意深深。五方齐来，百戏杂陈。美轮美奂，至善至真。

  噫！乡关留胜迹，我辈幸登临。当今欣逢盛世，普沐洪恩。名流贤硕，克承前武；专家教授，频出寒门。产业升级，有纺织服装汽配；水库兴利，数永宁征天青岭；公路联网，有国道乡道高速；公务敬业，如环保文教卫生……又干群联手，上下一心。古镇开发，统筹启动，如火如荼；新村建设，全面推进，为国为民。于是乎，处处新楼如画，天天美景如春；事事舒心顺气，人人敬业修身；家家丰衣足食，村村画意诗情。广场沙龙，载歌载舞，快意健身；社团文艺，多姿多彩，推陈出新。园林花木竞秀，笑语轻柔；市场商贾献勤，春风温馨。车流人流，放眼皆锦绣；山色水色，会心皆诗文。喜文化繁荣，古今传承；枫桥经验，遐迩闻名。以人为本，处事以诚。事无大小，情暖乡村。综治示范，平安扎根。蜚声全国，赐福万民。

村坊煦煦，山欢水笑；事业欣欣，日升月恒。褒旌满目琳琅，盛誉鲜花缤纷。仿佛天开图画，依稀地长精神。若三贤复生，必一吭长吟。某虽不敏，中夜感奋，赋而咏之，庶竭驽钝：

枫桥古镇不虚传，
山水人文称大观。
盛世乡民成壮志，
繁荣兴旺创平安。

陈佐天，浙江诸暨枫桥人。中国楹联学会会员、浙江省辞赋学会会员。

附录

附录一

讲述有分量有温度的公安故事
——在"不忘初心·春来枫桥"主题诗歌研讨会上的讲话（摘要）

王亚茹

（2018年4月27日）

尊敬的各位诗人，同志们：

大家上午好！

今年是毛泽东同志批示学习推广"枫桥经验"55周年，也是习近平同志指示坚持发展"枫桥经验"15周年，中央和公安部党委对此高度重视，作出了一系列重要部署。这次我们组织大家到枫桥采风，也是公安机关学习推广"枫桥经验"的具体行动。昨天，我们实地考察了枫桥镇在创新社会治理方面的生动实践，切身感受到枫桥广大干部群众对"枫桥经验"的深厚感情，为接下来的诗歌创作积累了生活体验。下面我代表全国公安文联讲三点意见，供大家参考。

一、"枫桥经验"源于公安、来自基层，用各种方式来总结提升"枫桥经验"，是我们公安文化工作者的使命。作为文联，我们有义务把这项工作做好做扎实。去年底，我们和浙江省公安机关的同志就此事作了探讨，并就相关事宜进行了筹备和部署。前不久，文联办公会专题研究，大家一致认为，应当通过理论研究、文艺创作来生动反映55年来，特别是十八大以来，"枫桥经验"创新发展的成果,这对于公安文化助推中心工作意义重大。回顾历史,从"枫桥经验"的诞生,到每个阶段的创新发展,再到具体实践总结"枫桥经验",公安始终是主力军。尤其是去年,浙江省公安厅专门组织省市县三级联合调研组,开展了为期三个多月的蹲点调研,并取得了丰硕的成果,总结出了"矛盾不上交、平安不出事、服务不缺位"的新时代"枫桥经验"生动表述,为上级决策提供了重要的参考和依据。这次我们文联组织诗歌采风活动,就是要用文学艺术的方式从另一个层面、用另一种角度,来生动展现新时代"枫桥经验"的基层实践。这既贯彻落实了党的十九大精神,及习总书记有关文艺工作的系列重要论述,也推进了新时代"枫桥经验"落地生根、繁荣发展。

二、文艺创作要投身一线、深入生活。这次来参加活动的公安诗人,是近几年各级公安机关涌现出的创作骨干,也是经过文联认真考虑、精心选拔的人才,希望大家不辜负文联的重托,在活动期间,学习研究"枫桥经验",不断挖掘创作素材。"枫桥经验"是党的群众路线在政法、公安工作中的具体体现,我们的文学创作也应该着眼于"新时代公安工作如何践行党的群众路线"这一主题,深入观察基层公安机关在思想理念、警务实践等方面的具体做法和实际行动,深入挖掘广大基层民警发扬优良传统、创新群众路线等方面的鲜活事例和典型经验。也希望大家跟基层民警打成一片,建立真正的感情,体察他们的酸甜苦辣,用自己的创作讲述有分量、有温度的公安故事,为公安事业发出声音,让良好的公安形象进入千家万户,用最美的警察故事感动万众民心。从而进一步密切干群关系、警民关系,让"枫桥经验"在全国遍地开花,为新时代公安事业的改革发展提供力量源泉。

三、文联工作要聚焦基层、服务中心。近几年，我们做了许多大胆的探索和尝试，并逐步固化成工作机制，以此指导文联工作科学发展。在文学创作方面，我们建立了签约作家制度，确定了公安作家定点联系生活的思路，并进行了诸多有益实践。特别是在长征胜利 80 周年之际，我们选定 80 个采访对象，选派作家奔赴各地，圆满完成了"长征路上的坚守"主题创作活动，收到了良好成效。文联换届以来，我们更加重视人才的培养，陆续修订了签约作家管理办法，开展了形式多样的活动，以期为公安文化事业的发展作出更大贡献。年初，为纪念改革开放 40 周年，我们将"不忘初心·砥砺前行"系列主题创作活动确定为年度重点工作。本次采风既是系列主题创作的首次活动，也是重中之重，既是对文联工作的一次推动，也是对大家创作的一次集体检阅。希望大家回去之后，能够上升到政治高度完成创作任务，也希望各级文联组织以丰富多样、行之有效的方式，进一步推进文联工作再上新台阶。

附录二 媒体报道集锦

用诗歌讲述有分量有温度的公安故事

沈秋伟

(2018年5月4日《人民公安报》)

暮春时节，绿醉春树，繁花江南。

4月26日，浙江省诸暨市枫桥镇迎来了一群警营诗人和几位特邀的著名诗人。由公安部宣传局、全国公安文联主办，浙江省公安厅政治部等单位协办，诸暨市公安局承办的"不忘初心·春来枫桥"主题诗歌采风活动由此拉开序幕。

走进"枫桥经验"发源地

来到枫桥，诗人们最迫切的愿望就是要寻找一个答案：为什么时隔55年，"枫桥经验"仍历久弥新，散发出新时代的光芒？

围绕这一主题，公安诗人们沐着新时代的春风走进"枫桥经验"发源地，深入枫桥镇农村，探寻枫源村"三上三下"民主自治决策机制的奥秘；在新择湖村和杜黄新村等地，寻找百姓和顺、乡村和美、社会和谐背后的法宝。他们深入"老杨调解中心""红枫义警""枫桥大妈""义工联合会"之中，探究存在于枫桥的社会治安积极力量源自何方，努力解开一支支枫桥"新警力"的动力密码。他们深入社区警务站，与枫桥的社区民警交朋友，共同探讨群众称呼社区民警为"邻家警察"的缘由，用心感受和谐警民关系的温馨……

唱响无愧于这个时代的凯歌

在为期两天的采风活动中，公安诗人们切身感受到习近平新时代中国特色社会主义思想已在枫桥大地上扎根、开花、结果，认识到创作与新时代相呼应的"枫桥经验"主题诗歌是时代的要求。

全国公安文联副主席王亚茹在主题诗歌研讨会上要求广大公安诗人，着眼于"新时代公安工作如何践行党的群众路线"这一主题，用诗歌讲述有分量、有温度的公安故事，让良好的公安形象进入千家万户，用最美的警察故事感动万众民心，从而进一步密切干群关系、警民关系，让"枫桥经验"在全国遍地开花，为新时代公安事业的改革发展提供力量源泉。浙江省公安厅副厅长金伯中深情讲述了歌曲《爱满枫桥》的创作经过，启发大家用心用情投入"枫桥经验"主题诗歌创作中。

这也是来自诗歌自身的召唤。与公安诗人一起采风的几位全国著名诗人也被新时代"枫桥经验"的魅力所吸引，畅谈了自己的感受，并就如何更好地以"枫桥经验"为主题创作诗歌作品与公安诗人深入交流了创作意见。

展现"枫桥经验"的独特魅力

55年来，"枫桥经验"的内涵不断丰富，外延不断拓展，但无论时代如何变迁，"枫桥经验"所散发出的人性光芒、所体现的人民性、所展现的共产党人解决社会矛盾过程中的宽广胸怀，以及干部群众的创造精神、担当精神，已经成为一种时代精神。"枫桥经验"源于公安、来自基层，诗歌不能缺位，诗人应该在场，公安诗人更应该深度介入。对此，与会公安诗人们一致表示，一定要带着强烈的使命感，用诗歌的形式生动展现"枫桥经验"的独特魅力，唱响新时代"枫桥经验"的优美旋律。

　　来自安徽的公安诗人许正敏表示，"枫桥经验"主题诗歌创作，是我们公安诗人的又一次诗歌"长征"。山东公安诗人苏雨景深情地说，山东有片热土叫沂蒙，我们现在面对的浙江这片热土叫枫桥。铁路公安诗人田湘结合自己家庭的故事，动情地说，"枫桥经验"体现了人性大爱，一定要努力创作优秀作品，不虚此行。四川公安诗人杨角则表示，我们的创作必须立足枫桥，深度挖掘"枫桥经验"的意义和价值。

　　活动中，来自全国各地的公安诗人们纷纷畅谈了自己的心得，一致认为这次采风是一次走心的活动，他们被枫桥故事深深打动，表示一定不忘初心、不辱使命，努力创作出与新时代"枫桥经验"相得益彰的诗篇。

全国公安诗人相聚诸暨用笔尖赞美"枫桥经验"

艾 璞 王 雨

(2018年5月2日《浙江法制报》)

  日前,由公安部宣传局、全国公安文联主办,浙江省公安厅政治部、浙江省公安文联、绍兴市公安局协办,诸暨市公安局承办的"不忘初心·春来枫桥"主题诗歌采风创作活动在诸暨举行。来自全国各地的公安诗人和诗歌爱好者相聚西施故里,共同开展"枫桥经验"诗歌创作采风研讨活动。

  与会人员先后参观了枫桥镇枫源村"三上三下"民主自治模式、镇南警务站、红枫义警工作站、杜黄新村新农村建设等一批具有代表意义的工作点,近距离和先进典型、年轻基层民警、热心群众面对面交流。大家纷纷表示,通过身临其境的采风,触摸到了"枫桥经验"发源地蓬勃向上的活力,感受到了新时代"枫桥经验"的时代魅力,他们将围绕新时代"枫桥经验"的精神,深入挖掘,用诗歌的深情语言来展现新时代"枫桥经验"的艺术魅力。

  中国作家协会为此次采风活动发来贺信。信中说:"在这样一个重要时间节点上,诗歌不能缺位,诗人应该在场。希望广大公安诗人们满怀热情投身伟大实践,不断提高写作本领,创作更多的壮丽诗篇,唱响无愧于这个时代的光荣凯歌。"

届时，本次活动创作的诗歌将汇编诗集，正式出版。

（人民法治网、浙江在线、浙江新闻、新浪看点、平安浙江网和《浙江工人日报》《平安时报》《浙江老年报》等相继报道或转载）

聚焦基层、服务中心
——"不忘初心·春来枫桥"全国主题诗歌研讨会引领新时代诗歌创作走向

杨 逸 魏羽佳

（2018年4月28日《绍兴晚报》）

"文联工作要聚焦基层、服务中心"，这是全国公安文联副主席王亚茹日前在浙江诸暨举行的"不忘初心·春来枫桥"全国主题诗歌研讨会上提出的。

今年是毛泽东同志批示学习推广"枫桥经验"55周年，也是习近平同志指示坚持发展"枫桥经验"15周年。

枫桥是历史文化名城诸暨的重镇。55年前，枫桥在区域稳定、平安建立了基层社会综合治理的雏形，是中国基层社会依法治理的重要发源地，毛泽东同志作出重要批示后，把这一典型成果称为"枫桥经验"。"枫桥经验"源于公安，来自基层，是党的群众路线在政法、公安工作中的具体表现，"矛盾不上交、平安不出事、服务不缺位"是新时代枫桥经验的生动体现。2003年10月，时任浙江省委书记习近平作出重要指示，坚持和发展"枫桥经验"。2013年，习近平总书记就坚持和发展"枫桥经验"再度作出批示。

公安部宣传局、全国公安文联举办的"不忘初心·春来枫桥"全国主题诗歌研讨会，是公安部门探索以文学艺术的方式，生动展示新时代"枫桥经验"的又一次基层实践。全国各地公安队伍中的代表诗人和部分社会知名诗人参加了这次研讨会，共襄新时代诗歌的"枫桥经验"。

研讨会期间，诗人代表先后参观了枫桥镇枫源村"三上三下"民主自治模式、镇南警务站、红枫义警工作站、杜黄新村新农村建设等，并近距离和先进典型、年轻基层民警、热心群众面对面交流。

中国诗歌学会会长助理木汀在研讨会上表示，新时代诗歌的重要特征，是诗歌回归社会、抒写时代。公安部宣传局和公安文联举办的"不忘初心·春来枫桥"全国主题诗歌研讨会，引擎新时代诗歌创作走向，无疑再一次开创了新时代诗歌的"枫桥"。

本次研讨会由浙江省公安厅政治部、浙江省公安文联协办，绍兴市公安局、诸暨市公安局承办。

中国作家协会副主席吉狄马加向研讨会发来了贺信，希望诗人以枫桥为新起点，创作出忠于新时代、无愧于新时代的好作品。

（光明网、中国作家网、北京文艺网、搜狐网、北青网讯、中国公安文学精选网等相继报道或转载）

爱满枫桥
——新时代"枫桥经验"之歌问世的台前幕后

沈秋伟

（2018年7月2日《法制日报》）

"你可知道有一座美丽小镇，江南那一头，梅林飘墨香，枫溪唱乡愁。台门深深锁风雨，耕读几度秋，枫桥岁月酿成的一壶酒，情深深思悠悠，怎么也喝不够。爱满枫桥，花开幸福千年守候，平安岁月伴你永久。爱满枫桥和美家园，有你更锦绣，人间大爱与你相依相守。……"

如今，走进浙江诸暨枫桥的大街小巷、田间地头，这首《爱满枫桥》的歌曲随处都可听到，枫桥许多干部群众自发将这和美的旋律做成手机铃声，爱不够，听不够，成为美好生活的组成部分。

我有幸见证了这首歌诞生的一些主要过程，愿意把她问世的台前幕后故事写下来，与读者分享。

资深警官的枫桥情怀

金伯中，浙江省公安厅副厅长。早年在绍兴市公安局工作，就多次参与"枫桥经验"的调查研究。1996年到1999年，也是生命的机缘，他担任了诸暨市委常委、公安局长，积极争取党委政府的高度重视和上级公安机关的有力指导，推动"枫桥经验"的创新发展。在1998年毛泽东同志批示"枫桥经验"35周年前夕，浙江省公安厅和绍兴市公安局、诸暨市委联合调研组总结了"小事不出村、大事不出镇、矛盾不上交"新时期"枫桥经验"经典内涵。

之后，从诸暨枫桥到绍兴柯桥，再到湖州，金伯中带着党的群众路线法宝，一路播撒"枫桥经验"的种子，所到之处警务工作风生水起，警民关系水乳交融。

时间过去了近二十年，2017 年，金伯中以省公安厅副厅长的身份，受命再次来到枫桥，领衔蹲点调研基层社会治理背景下的"枫桥经验"，总结了"矛盾不上交、平安不出事、服务不缺位"的新时代"枫桥经验"内涵。同时，他心中有一个"美丽梦想"，就是要创作一首朗朗上口、脍炙人口的歌曲，像唐代诗人张继之于苏州枫桥，让诸暨枫桥的美名传向四方。

他热爱这片土地，热爱这片土地上的父老乡亲。2017 年 8 月，我们跟随金伯中进驻枫桥，他在投身蹲点调研工作的过程中，一直把推动枫桥镇的文化建设视作蹲点调研组的一项使命，从一开始就给大家交了底，要创作一首歌，一首能够让枫桥和"枫桥经验"更加深入人心的歌。

著名作曲家的枫桥缘

真是天公作美！2017 年 8 月 18 日，被誉为"中国十大作曲家"之一的孟庆云老师在杭州，金伯中闻讯从枫桥匆匆赶回与他见面，向他讲述"枫桥经验"前世今生的生动故事。孟庆云被金伯中对"枫桥经验"的深情所感动，当场拍板："这个曲我作定了！"

说起孟庆云，要是说不知道，也是情有可原。但稍微有点阅历的人，一定会知道也唱过他作曲的歌曲。《长城长》《为了谁》《什么也不说》《想家的时候》《当兵干什么》《想你在美好月夜里》《妈妈的心愿》《归航》《一路格桑花》《祝福祖国》《东方明珠》《黑头发飘起来》《五星邀五环》等，他的作品多次荣获"文华奖""金钟奖"

"五个一工程奖"等重要奖项;他的作品唱响了时代正气,唱出了人民心声,唱亮了民族精神,承载着一个时代的中国记忆,在耳边响起,至今仍能把我们深深打动。

深入生活的枫桥之旅

我仍清晰记得见到孟庆云老师的那个晚上。他风趣幽默,像个老顽童,可爱得让人一见如故,让我领教了一位大作曲家对生活的爱。

2017年9月25日,孟老师来到绍兴,金伯中副厅长因公务要赴台州,让我去绍兴当面邀请孟老师赴枫桥,孟老师一口应承。第二天,秋老虎发威,枫桥最高气温34度。我在枫桥北出口接到孟老师,我陪孟老师参观了陈洪绶纪念馆、小天竺、枫桥大庙等枫桥文化胜景和枫桥派出所"枫桥经验"陈列馆。我又陪他到枫桥镇与镇主要领导座谈了解枫桥经济社会发展情况,与派出所民警见面,以期让他多方位获取创作灵感。随后的日子里,金伯中带领调研组部分参与歌词创作的成员多次与孟老师碰面,探讨歌曲创作的细节。11月中旬,金伯中和部分参与歌词创作的调研组成员趁赴公安部查阅"枫桥经验"史料的机会,在北京与孟老师见面,那次,《爱满枫桥》的旋律已经基本成型。

2018年1月23日,我又受金伯中副厅长指派,从杭州接孟老师到诸暨,孟老师亲自出席了歌词创作征求意见会。会上,诸暨一位歌唱爱好者,利用自己家里非常简易的设备,试唱并录制了这首歌,会场上一放,已经把大家打动了。

当有人问起为什么歌曲名要叫《爱满枫桥》,金伯中回答大家,"枫桥经验"体现了人间大爱,枫桥是一个充满爱的地方。这份爱也让作曲家孟庆云为之动容,他说要把一切献给枫桥,创作出无愧于枫桥人民伟大创造精神的精品力作。

歌唱家的枫桥春天

王莉,是孟庆云老师挑中的。作为青年女高音歌唱家的她,毕业于中国音乐学院声乐系,2000年获得文化部全国艺术歌曲大赛演唱一等奖,2012年获得"十大金牌歌手奖",2015年2月17日参加2015年中央电视台春节联欢晚会并演唱歌曲《时代的勇气》。

春节前,由蹲点调研组(取名"欣金年")作词、孟庆云作曲、王莉演唱的《爱满枫桥》已经传遍诸暨坊间,诸暨人特别是枫桥人感到非常骄傲和自豪。所到之处,无论是在镇政府、派出所,还是在警务站、红枫义警工作站,在商店、在村口,《爱满枫桥》的优美旋律像空气一样,无处不在:"……你可知道有一个美丽梦想,在这里成就,冷暖与安危,都在百姓心里头。大事小事不出村镇,平安写春秋,枫桥乡音汇成了一首歌,爱绵绵意柔柔,怎么也唱不够。爱满枫桥,花开幸福千年守候,平安岁月伴你永久。爱满枫桥和美家园,有你更锦绣,人间大爱与你相依相守。"

2018年4月18日,王莉和中央电视台《爱满枫桥》摄制组正式进驻枫桥,在春风十里小镇、在小天竺、在派出所,在枫桥群众的身边,爱在绵延,新时代"枫桥经验"和枫桥精神随着歌声飘向浙江全省、飘向全国。在镜头里,我们可以看到,一本镶嵌着枫叶的日记,55年前开国领袖的批示清晰可见,习总书记把"枫桥经验"坚持好、发展好的重要指示随着枫叶的飘动,徐徐展开……

后记

《枫桥经验诗歌集》面世了！在这个时刻，我们有必要对本集子的诞生经过作一交待，以便读者更好地了解它的来龙去脉。

2017年8月至11月，浙江省委政法委和浙江省公安厅联合绍兴、诸暨组成联合蹲点调查组，由公安厅副厅长金伯中同志带队进驻枫桥镇，对党的十八大以来的"枫桥经验"创新发展情况进行深入调研，形成了《社会治理的典范　平安和谐的绿洲——枫桥镇提升推广新时代"枫桥经验"调查报告》，并提炼了以"矛盾不上交、平安不出事、服务不缺位"为内涵的新时代"枫桥经验"。在蹲点调研过程中，调研组一方面认真总结五年来枫桥镇在创新基层社会治理方面的做法和成效，另一方面直接推动枫桥基层社会治理的完善和提升。其中，对枫桥文化的丰富和对枫桥精神的建构更是下了一定的功夫，形成了推动枫桥文化建设的一系列思考和打算。

2018年年初，浙江省公安厅听取了调研组的意见，决定成立"枫桥经验"编纂委员会，编写一系列"枫桥经验"有关书籍，《枫桥经验诗歌集》就是其中的一本。要出书就得有作品，收集网罗原有的作品虽然也是一条路子，但要新的气息，必须有新的创作。我们把这一想法向全国公安文联汇报后，得到了文联领导的极大支持。全国公安文联顾问祝春林、主席王俭、副主席王亚茹和杨锦等领导十分关心活动进展，给予了有力指导。春节前后，我们就开始筹备"不忘初心·春来枫桥"主题诗歌采风活动。

4月底,由公安部宣传局和全国公安文联主办,浙江省公安厅政治部和绍兴市公安局协办,诸暨市公安局承办的活动办得非常成功。来自全国21个省市的30名公安诗人聚集枫桥。中国诗歌学会和浙江诗歌界也派出了强大阵容,对此次活动给予了倾力支持。著名诗人柯平、荣荣、木汀、王夫刚、周小波、天界、冰水直接参与了诗歌采风活动。

5月是集中创作的时间,诗人们满怀对"枫桥经验"的感情,满怀对当地山川地理、风土人情和文化底蕴的喜爱,创作了一大批优秀的诗歌作品。为了更好地体现广泛参与性,我们又从别的途径收集了一批采风队伍以外的诗人写"枫桥经验"、写枫桥的作品,一一征得作者同意后,有选择地收录到集子之中。同时,为了体现体裁的多样性,我们还征集了少量诗词歌赋,收录进我们的集子。这样,我们按照"特邀诗人作品""公安诗人作品"和"诗词歌赋"三个专辑对集子作了归类,呈现给大家。

特别需要提到的是,中国作家协会副主席、著名诗人吉狄马加先生对我们组织的活动和本集子的出版给予了极大的关心,不仅给活动发来了贺信,提出了希望和要求,还亲自为本书撰写了序,极大地鼓舞了广大公安诗人。

在本书的形成过程中,诸暨市委宣传部、诸暨和枫桥文学艺术界的同仁给我们提供了许多便利,诸暨文史学者李科才先生参与了书稿校正工作。在此,一并表示感谢!

《枫桥经验诗歌集》编委会
执笔:沈秋伟